夏神様

小室 初江

目次

不思議な声

「イクツモノ　ホシノ　カケラガ　テンニ　チル　ヨル　フタツノ　タマシイワ　フタタビ　デアウ」

森本水樹《もりもとみずき》はふいに耳に飛び込んできた声に驚いて、パソコンのキーボードを叩く手を止めた。

息を殺して周囲を見回すが、人の気配はない。

障子戸越しに聞こえてくるのは、庭で集《すだ》く秋の虫たちの声ばかりだ。

自宅が古い山寺で周りに墓がたくさんあるという環境のせいだろうか。それとも水樹自身に霊的な能力《ちから》が備わっているためなのか。姿なき者の声を聞いたことは、これまでにも何度となくある。

しかし、それらは幻聴のように不確かで、確立した言葉としてとらえるには、あまりにもあいまいなものばかりだった。こんなにもはっきりとした意味をもつ言葉を聞いたのは初めてである。

水樹は机上に置かれたメモ用紙に、聞こえてきた言葉を書き記してみた。

『いくつもの星のかけらが天に散る夜、二つの魂は再び出逢う』

「いくつもの星のかけらが天に散る夜か……」

つぶやきながら字面《じづら》を追っていると、懐かしさが込み上げてきた。

もうずいぶん前に、言葉どおりの光景を目にしたことがある。

その思い出は今でも水樹の胸の奥で、切なさというオブラートに包まれたまま静かに息づいているのだ。

水樹は憂いを含んだまなざしをパソコンのデスクトップに向けた。

無機質な四角い世界で紡がれているのは、佳境にさしかかっている恋物語。執筆を開始してから、およそ三ヵ月。エンディングまであと二、三日といったところだろう。

昼間は大学の授業やカフェでのアルバイトがあるため、じっくりと机に向かえるのはいつでも深夜になってしまう。睡眠時間が削られることは、さほど苦にならない。むしろ、こうして物語の世界に没頭する時間があるからこそ、心のバランスを保っていられるのだ。

ぼんやりとデスクトップを眺めていると、本堂の振り子時計が午前零時を告げ始めた。

水樹は喉の渇きを覚えて机を離れた。

障子戸を開けて縁側へ出る。

縁側の奥にある本堂からは、振り子時計の鐘の音が聞こえてくる。

身の丈二メートル近くあるその時計が寺に来たのは、およそ三十年前。住職である祖父の満《みつる》が知人から譲り受けたものだという。

「さっきのは、あの人の声かもな」

水樹は胸裏に浮かんだ思いを口にした。

「あの人」とは、振り子時計に宿っているという若い僧侶の御霊《みたま》のことである。

今から百年以上も前のこと。彼は厳しい修行中の身でありながら、名家の奥方と相愛になったという。しかし、その思いは報われることなく、人知れず自ら命を絶ったそうである。死してなお思いは消えず、奥方の家にあった振り子時計に宿り、今もまだそこに棲みついているのだと。

もっとも、そう言っているのは満であって、水樹にはそれが真実なのかどうかはわからない。けれども、満は卓越した霊能力を有しており、依頼があれば霊視や浄霊のようなことをしているくらいだから、まんざら嘘でもないのだろう。

普段は口数の少ない男だが、酔うと饒舌《じょうぜつ》になる。酒が入ると、よく満は言う。「この世には辛いことが山ほどある。病苦と闘うこと、大切な人を失うこと、信じていた者に背かれること、叶わぬ恋と向き合うこと、数え上げればきりがない。我々にとってこの世とは、それらの辛苦にあえぐ修行の場なんだ。それを紛らわすために人は酒を煽《あお》るのよ」

そして、とても辛苦にあえいでいるとは思えないのびやかな表情で杯を重ねるのだ。

傍らでその言葉を聞いていると、真っ暗な奈落の底をのぞき込んでいるような気持ちになる。

事実、水樹は辛苦にあえぎながら生きている。

決して報われることのない恋をしているのだ。

相手は二歳年上の森本光砂《ありさ》。

血の繋がった姉である。

物心がついた頃、光砂は水樹にとって、ただの姉でしかなかった。

でも、あるときから水樹の中で「姉」と「弟」という確固たる関係性が崩れたのだ。

それがいつだったのか。

きっかけはなんだったのか。
水樹ははっきりと認識していながら、そこから目を逸らしてきた。
そうすることで、自分自身の心を守ってきたのだ。
思いが芽生えたその日から、水樹はずっと光砂を見つめ続けている。
ただ一度も目を逸らすことなく一途に。
けれど、周囲に悟られることのないよう密やかに。
秘めれば秘めるほど、思いは膨らんでいく。
誰よりも愛しい人は、姉。
誰よりも近くにいるのに、決して手が届かない場所にいる人。
光砂が欲しい。欲しくてたまらない。
でも、それは叶わない。
行き場のない恋心は燃えさかる炎となって、若き肉体を内側から炙《あぶ》り尽くす。
熱くて、苦しい。
この気持ちを解き放つことができたら、どんなに楽になるだろう。
感情《おもい》に任せて光砂をこの腕にかき抱《いだ》き、ときを忘れてその素肌の感触に溺れていたい。
光砂は俺のもの。誰にも渡さない。一生、離さない。
ひとたび胸の内をのぞき込めば、狂おしいほどの欲望が濁流のごとく押し寄せてくる。
むき出しの自我の濁流に飲み込まれて、自尊心が砕け散る。

そんな苦しみから逃れるために、水樹は小説を書いている。虚構《フィクション》の世界でなら、どんなシチュエーションも自在に描くことができる。たとえ姉弟の恋愛であっても、誰も咎《とが》める者はいない。だから、普段は決して口に出せない言葉を主人公に託して解き放つ。時折、そんな自分がひどく浅はかで低俗に思えて空しくなるが、そうすることでしか心のバランスを保つことができないのだから仕方がない。

縁側の窓を開けると、晩秋の冷気とともに秋の虫たちの翅音《はおと》が流れ込んでくる。しばしその音に聴き入っていた水樹は、体が水を欲していることを思い出し、台所に向かって歩き出した。

隣にある光砂の部屋は、しんと静まり返っている。隣町にある大学病院の救命救急センターで看護師をしている光砂は、今夜は夜勤で家にはいない。

光砂の部屋を過ぎ、双子の弟、優《ゆう》と駿《しゅん》の部屋の前にさしかかる。来春に大学進学を控えている弟たちは、まだ勉強中なのだろう。障子戸越しに部屋の灯《あか》りが漏れていた。

そのまま真っ直ぐに進むと本堂、左に曲がると、つき当たりが台所だ。

水樹は立ち止まり、本堂を見据えて耳を澄ました。

わずかに空気がたなびく気配がしたが、なにも聞こえない。

「あの人の声であるはずがないか」

安堵して軽く息を吐いた。

そのとき、

「なにするんだよ！」

弟たちの部屋から怒鳴り声が聞こえてきた。

「優だな……」

小声で言って、水樹は足を止めた。

「なにもしてねえよ！　ただ辞書を借りようとしただけだろうが」

駿の声である。

「だったら、ひとこと言えよ！」

「いいだろう。辞書くらい黙って借りたって」

「俺が使ってないときならな」

「使ってなかっただろう。机の上に置いてあるだけで」

「どこ見てんだよ！」

優が語気を強めると、

「辞書だよ！」

駿も負けてはいない。

「開いて置いてあったら、使用中ってことくらいわからんのか」

「わかるか！　そんなこと」

「お前はいつも偉そうなんだよ。俺のほうが兄ちゃんだってことを忘れんなよ。お前よりも先に世の中にエントリーしてるんだからな」

確かに優は駿の兄である。

「だまれ！　くそ兄貴。先にエントリーしたとか言ったたって、たかだか十七分の差だろうが。そんなことを言うなら、生まれたときの俺の体重のほうが重かったんだからな」

「たかが六十五グラムの差で威張ってんじゃねえよ。ヤクルト一本分の重さじゃないかよ」

「ヤクルト一本をなめんなよ。あの中にどれほどの栄養素がつまっているのか知ってんのか？」

「知らねえよ。お前こそ知ってんのかよ？」

「知らねえけどよ」

弟たちの不毛な言い争いが続く。

それまで黙って聞いていた水樹は、たまりかねて縁側から声をかけた。

「いい加減にしろ。今、何時だと思ってるんだ」

優も駿も血気盛んな年頃だ。兄に注意されたくらいで素直に従うはずもない。一瞬こそ口をつぐんだが、水樹の足音が遠のくと、また言い争いを始めた。

水樹は溜息を漏らしながら、廊下を左に曲がった。

台所のテーブルには満がいた。

焼酎を飲んでいる。

「おう、水樹。どうした？」

機嫌のいい顔で訊く。

「ちょっと喉が渇いてさ」

水樹は冷蔵庫からミネラルウオーターを取り出して、グラスに注《つ》いだ。

「水とは無粋《ぶすい》だな。焼酎《これ》を飲めよ。ぐっすり眠れるぞ」

「酒はまずいよ。起きたら学校だから」

「そうか。残念だな」

満は笑みを浮かべて、白髪混じりの顎鬚《あごひげ》を撫でた。艶のいい顔は生気にあふれ、とても七十四歳には見えない。

「それにしてもあの二人、よくやるよ」

水樹は満の前の席に座り、弟たちの部屋のほうへ目配せした。

「夜中だっていうのにつまらないことで大喧嘩だ。一人ひとりはおとなしい性格なのに、どうして二人揃うとぶつかり合うんだろうな」

「その根本的な原因は、あの二人がここに生まれてくる前の人生にあるのさ」

「過去生ってこと？」

満は焼酎をグラスに注ぎながらうなずいた。

「過去生」などという言葉を耳にすると、たいていの人は胡散臭《うさんくさ》く感じるだろう。しかし幼い頃から満に霊的な話を聞かされている水樹にとって、それは極めてありふれた話題だった。

「二人はその昔、敵同士《かたき》だったんだ」

「敵同士って？」

「今から五百年ほど前のことだ。西洋のとある国で、国土を二分する大きな戦争が起こった。優と駿は、それぞれの軍の大将だった。戦況は一進一退。とうとう大将同士の一騎打ちとなったわけだ」

満の舌がなめらかに動く。

「どっちが勝ったの？」

「とも倒れだ。決着はついていない」

「そのときの決着をつけるために、また生まれてきたってわけか」

「いや、その逆だ。優と駿は、互いの魂の融和を課題として生まれてきたのさ」

優と駿の喧嘩の声はまだ止まない。

満はその声を聴いているかのように、しばし黙り込んだ
「そのために、二人の魂はここに来る前、双子として生を成すという選択をした。前の生で殺し合った者同士の生命が、同じ母親の胎内で芽生え、ともに寄り添って生を育む。考えてみると、なんともほほえましいじゃないか。」

「今のあいつらを見ていると、ほほえましさのかけらもないね。魂の融和どころか、つまらないことで言い争ってばかりだ」

「言い争いながら、互いの関係を調整しているのさ。最高の芸術作品を創るためには、数えきれないほどの試行錯誤を要する。それと同じことだ」

「あいつらにとっての最高の芸術作品とは、互いの魂の融和か……」

水樹は独り言のようにつぶやいた。

「人はこの世に生まれてくるときに、それまで持っていたすべての記憶を置いてくる。でも、それは失くしてしまったわけではない。魂の奥深くに向こうの世界と繋がっている場所があって、ときどきそこから過去の情報がこぼれ落ちてくるんだ。中でもとくに強烈な記憶ほど、こちらに生きている者に影響を及ぼすわけだ」

「過去生の記憶が、今生《こんじょう》の人生に影響を？」

「そうだ」

「少なくとも俺には関わりのない話だな」

「それはどうかな……」

満は目を細めて水樹を見つめた。

「……どうかなって？　俺も過去生の影響を受けてるってこと？」

「自覚がないならそれでいい」

「今のところ、そんな自覚はないよ」

満は小さくうなずいて、焼酎を口に含んだ。

「ところで、小説ははかどっているのか？」

「それなりにね」

水樹もグラスのミネラルウオーターを口に含む。

小説は高校生の頃から書いている。過去には作品が入賞したことも何度かあった。だからといって、プロになろうという気持ちはない。父親の茂《しげる》がそうであるように、卒業後は教職に就《つ》く予定だ。大学四年生である今年の夏に県公立中学校の教員採用選考を終え、十月半ばに合格を決めている。今後、単位を落として留年したり、犯罪などに手を染めない限り、来年の三月には赴任先の学校が決まるはずである。

だから、水樹にとって物語を書くということは、あくまでも自己調整の手段であり、一種の精神安定剤のようなものなのだ。

「タイトルは？」

「銀色のナイフ」

「どんな話だ？」

「……宇宙の片隅で生まれた、一つの平凡な恋の物語」

水樹はグラスに目を落として言った。

「この世には平凡な恋など一つもない。どの恋もドラマチックだ」

満がほほえんだ。

そして、手にしたグラスを見つめながら語り始めた。

「遥か太古の昔、宇宙の片隅に二つの魂が生まれた。二つの魂は何度となく地球という名の星に降り立ち、そのたびに出逢い、惹かれ合った。けれど、彼らはどんなに強く惹かれ合っても、一度も結ばれたことがなかった。つまり、すべての出逢いで悲しい別れを迎え、生涯をともにしたことがなかったわけだ」

「……それで？」

水樹は小声で言って、満に話の続きを促《うなが》した。

「その二つの魂は今どこにいると思う？」

「地球のどこか？」

「そのとおり。この星でまた惹かれ合っている」

「今度は結ばれるといいね」

「今のままでは無理だろうな。世間のモラルが許さない」

「どういうこと？」

「二人は姉と弟だからさ」

満と水樹は無言で見つめ合った。

先に視線を外したのは水樹だった。彼は満が話した短い物語の主人公が誰なのかを理解した。

そのとたん、鼓動が波打ち始めた。

自分と光砂は過去生で何度も出逢い、惹かれ合っていたというのか。

しかし、その思いが成就したことは一度もなく、出逢うたびに悲しい別れを迎えていたのだと……。

報われない思いの連鎖は続き、姉弟として生まれてしまった今生でもまた、その思いが成就する望みは絶たれているのだ。

途方もなく深い闇が背後から自分を飲み込もうとしている気配を感じて、水樹は全身をこわばらせた。

「彼らは今生、何度生まれ変わっても叶えられなかった願いを叶えるべくして生を成したのさ」

激しく揺れる水樹の気持ちに反して、満の声は穏やかだった。

「……姉弟として？」

「そうだ」

「その時点で願いは叶わない」

言葉にしただけで、胸が苦しくなる。

水樹は残りのミネラルウオーターを一気に飲み干した。

「その時点で願いの一部は叶っている」

「願いの一部？」

「二人は今生、初めて一つ屋根の下で暮らしているんだからな」

「それは願いの一部じゃなくて、すべてだろう。もうそれ以上叶えようがない」

満に動揺を悟られまいと思っていても、かすかに声が震えてしまう。

「今の時点ではな」

満が意味ありげに笑った。

「でも、先はわからんぞ」

ふいに、本堂の振り子時計の鐘が一つ鳴った。

「十二時半か」

満がつぶやいた。

「そういえば、さっき変な声が聞こえたよ」

この場にたゆたう重苦しい空気に耐えかねた水樹は、さりげなく話題を変えた。

「ほう。どんな?」

「たぶん、男の声」

「なんて言ってたんだ?」

「……忘れた」

本当は忘れてなどいなかったが、水樹はあえてそう言うと、

「おやすみ」

席を立って台所を出た。

もう喧嘩はおさまったらしく、弟たちの部屋は静かだ。

「そういえば、あの二人、どんなに激昂しても『殺す』と『死ね』という言葉だけは決して口にしないな。あいつらなりに節度をもって喧嘩してるってわけか」

つぶやいたとたん、二人の戦士が剣《つるぎ》を交えて血まみれで地に伏していく場面が脳裏に浮かんだ。

水樹は軽く頭を振って、本堂へ向かった。

気持ちがざわつくとき、彼はよく本堂へ行く。そして振り子時計の前に座り、銀製の振り子が時を紡ぎ出すさまを見つめる。すると、自然に心が鎮まるのだ。

本堂の格子戸を開けると、香の薫りがあふれた。いつものように、振り子時計の前に腰を下ろした。左側の硝子窓から滴《したた》る月明かりが、水樹の肩をほの白く染める。

規則正しく振れる銀の円を目で追う。右に左に、円は同じ振り幅を保ったまま揺れ続ける。それを見ていると、時間とはなんて儚いものなのだろうと思う。同時に、なんて尊いものなのだろうと思う。

水樹は振り子時計に向かって声をかけた。

「あなたの気持ちが、わかる気がします」

返事はない。

けれど、水樹は自分の周りをあたたかな空気の揺らぎが包むのを感じた。

目を閉じて、深呼吸。

耳を澄ます。

しばらくすると静寂の奥深くから、先ほどの声が聞こえてきた。

「ネガイワ　カナウ」


水樹はとっさに目を開けた。あたりを見回すが人影などない。

真夜中の本堂は蒼い闇を抱いて眠っている。

「……あなたですか?」

大時計に宿るという御霊に問いかける。

数秒後、大時計の中から、かすかにぜんまいが軋《きし》むような音がした。

それが彼からの返事なのかどうか水樹にはわからなかったが、声だけは確かな現実として、彼の耳にはっきりと残った。

「願いは、かなう……」

言葉にすると、胸にある重苦しい絶望が、小さな光を含んだ気がした。

水樹は振り子時計の前を離れ、縁側へと戻った。

障子戸を開けて部屋に入る。机に向かおうとして初めて、そこが自分の部屋ではなく光砂の部屋だと気づいた。

「なにやってるんだ……」

つぶやきながら机上に目を落とすと、厚手のノートが目に入った。

水樹はなんの気なしに机上のシェードランプをつけて、ノートを開いてみた。

開かれたページには、青いインクで書かれた整った文字が並んでいる。

十一月七日（金）
今日は日勤。
仕事のあと、速水《はやみ》先生とフレンチ。

読み始めて、それが日記であると気づいた水樹は、あわててノートから視線を外した。

鼓動が速い。

ランプのシェードに描かれた金色の三日月に目をやり、呼吸を整える。

「……ごめん」

彼は小声で言って、再びノートの文字を目で追った。


二人だけで会うのは、今夜で五回目。

帰りの車の中で、結婚を前提に交際を申し込まれる。

その言葉を聞いた瞬間、水樹の顔が胸をよぎった。


文字の羅列の中に思いがけず自分の名前を見つけて、水樹は息を止めた。

ページに触れる手が汗ばんでいる。

これ以上読んでしまったら、取り返しのつかないことになる。

そんな予感を覚えながらも、水樹は続きを読みたいという衝動を抑えられなかった。


そのときだけではない。

速水先生という一秒一秒を、水樹の面影と過ごしている。

水樹は弟。

私は姉。

これまで何度も呪文のように唱えた言葉を心の中で繰り返す。

どうして姉弟なのだろう。

どうして水樹なのだろう。

誰よりも水樹が

日記はそこで終わっている。

「誰よりも俺が……」

その先の空白を埋める文字が書かれていないことを、水樹はもどかしく思った。

と同時に安堵を覚えた。

彼は息を一つ吐き、シェードランプを消した。

喉の奥がざらついて、少し息苦しい。
日記の行間ににじむ光砂の、自分への思い。
光砂もまた俺と同じ苦しみの中にいるのだろうか……。
ノートを閉じた水樹の手は小刻みに震えていた。

予知夢

晩秋の日暮れは早い。

真夏なら夕日がさし込む午後七時の台所は今、暖系色の灯りに包まれている。

秋鮭のバターソテー、舞茸の天ぷら、しめじとほうれん草の胡麻和え、大根の味噌汁などが並ぶテーブルには、水樹の他に両親と光砂がいた。満は一足早く夕食を終え、自室で日課の写経をしている。優と駿は予備校に行っていて、九時過ぎにならないと帰らない。

「あと二週間もすれば師走か。早いものだな」

茂が言う。

「晩秋というだけあって。今夜は特に冷えるわね」

母親のしずかは肩をすくめて、

「夜景を見に行くなら、しっかり防寒していきなさいよ」

水樹に目を向けた。

「夜景を見に行くの?」

光砂が水樹に訊く。

「そうだよ」

水樹はそっけなく答えた。

光砂の日記を読んでしまってからというもの、彼は彼女の顔をまともに見ることができなくなっていた。心の中では申し訳ないと思っていても、どうしてもよそよそしい態度をとってしまう。

「一人で？」

「航太《こうた》と」

隣家に住む仙堂《せんどう》航太は水樹の幼馴染であり、家族以外でもっとも気を許せる存在である。航太から「久しぶりに夜景でも見に行かないか？」と電話があったのは二時間ほど前のことだ。

「何時に出るの？」

光砂が水樹の目をのぞき込む。

光砂の瞳を視界に抱えた水樹は、すぐに視線を逸らして、

「八時半に迎えに来る予定なんだ」

ぶっきらぼうに返事をした。

「そう」

光砂はお茶を一口飲んで目を伏せた。

「今はしし座流星群が見られる時期だろう？」

茂が訊く。

「航太もそんなことを言ってたな。でも、流星群のピークは夜半から明け方にかけてらしいから、見られるかどうか……」

「その時間まで粘れば見られるんじゃないか？」

「それは、そうだけど……」

水樹は舞茸の天ぷらに箸を伸ばしながら、言葉を濁した。

どちらかというと気の短い航太が、そんなに長時間、流星の出現を待てるとは思い難い。

「のんきにお茶なんか飲んでいて大丈夫なの？　今夜は夜勤でしょう」

しずかが光砂に声をかける。

「本当は休みだったんだけどね、急用ができた同僚と交代することになったの。彼女が八時までは現場にいられるから、まだ大丈夫よ」

光砂は湯呑み茶碗をテーブルに置き、

「今夜はもう少しここにいたい気分なの」

小声で言った。

「このまま出かけてしまったら、水樹にもう会えないような気がして……」

光砂の言葉に皆の動きが止まる。

水樹は息を止めて、光砂の横顔に目を向けた。

「……どうしても行くの？」

しずかが神妙な面持ちで水樹に問いかけた。

「行くよ。どうして？」

「言わないでおこうと思ったけど、実は夕べ嫌な夢を見たのよ」

「どんな？」

味噌汁に手を伸ばしながら、茂が訊く。

「水樹が事故で……」

「……死ぬ夢？」

水樹の声がかすれる。

しずかはなにも答えない。ある意味、それが答えなのだろう。

「夢は夢だ。人の見る夢がいちいち現実になっていたら、この世はとんでもないことになるぞ」

茂が苦笑する。

「そうよね」

しずかはほがらか言って、席を立った。

「とりあえず魔除けに粗塩《あらじお》を一つまみ持っていきなさい。用意するから」

「……ありがとう」

言ってはみたものの、水樹は胸が騒いだ。

しずかの夢はよく当たる。祖母のつねが駅の階段で足を踏み外して命を落としたこと。母方の叔父が宝くじに当たり大金を手にしたこと。はす向かいの家に双子の赤ん坊が生まれたこと……。しずかの見た夢が現実になったことは、これまでに何度となくあった。

「胸のポケットに入れておきなさい」

しずかは白い懐紙に包んだ粗塩を水樹に手渡した。

魔除けに粗塩を持ち歩くのは、森本家の者にとってごく当たり前のことだった。旅行などで自宅から離れた場所に行くとき、墓地など霊気を帯びた場所に足を踏み入れるとき、小さな不運が続くとき……。水樹の家族は一つまみの粗塩をお守り代わりに身につける。

「そろそろ出かけたほうがいいぞ」

茂に促されて、光砂はためらいがちに席を立った。

「行ってきます」

言いながら水樹を見る。

水樹もまた、光砂に目を向けた。

二人はほんの数秒見つめ合い、互いにまつげを伏せた。

台所を出ていく光砂の後ろ姿を水樹は黙って見送った。

廊下を行く足音が少しずつ小さくなるのを聞いているうちに、説明のつかない淋しさが込み上げてきて、水樹は思わず光砂のあとを追った。

「姉さん」

華奢《きゃしゃ》な背中に声をかけると、

「どうしたの?」

光砂が振り返った。

そう訊かれると、どう答えていいかわからない。

正直に「急に淋しくなったんだ」などと口にしたら、光砂は戸惑うに違いない。

それ以上に、自分自身の心の均衡が崩れてしまいそうで怖い。

「ごめん、自分でもよくわからない」

水樹は小声で言って、目を伏せた。

光砂は穏やかにほほえんで、そっと水樹を抱き寄せた。

「さっきはごめんね。変なことを言って」

光砂の思いがけない振る舞いに、水樹の素肌が熱を帯びた。

「……別に気にしてないから」

胸の鼓動が激しい。

「もう行かなきゃ」

光砂の体が離れる。

水樹は光砂の瞳を見つめた。

茶褐色の澄んだ瞳が自分を見つめ返す。

ふいに、言いようのない懐かしさがあふれた。

俺はこの瞳を知っている。遥か昔から、まだここに生を成す前から……。

そんな思いが確かな輪郭をもって水樹の胸を満たした。

しかし、次の瞬間、それは真夏の白昼の逃げ水のように急速に遠ざかっていった。

頭の芯が揺らいだ。

その刹那、理性が飛び、抑えがたいほど激しい感情が迸《ほとばし》った。

感情《おもい》に任せて、水樹は光砂を強く抱きしめた。

台所にいる両親の存在など、まるで気にならなかった。

「……離して」

光砂の体が抵抗を示すと、

「……ごめん」

水樹は腕の力を抜いた。

「どうしたの？　急に」

光砂に戸惑いの表情が浮かぶ。

「急にじゃない。前からこうしたかった」

これまで必死に抑え込んできた狂おしいほどの本音が渇いた唇からこぼれ落ちると、人知れず築き上げてきた繊細な硝子細工の城が音を立てて崩れ落ちるような、ざらついた衝撃が全身を疾《はし》り抜けた。

水樹は目を閉じて軽く息を吐いた。

「今夜どんな願い事をするの？」

水樹の言葉など聞いていなかったように、光砂が訊く。

「……願い事？」

「もしも、流れ星を見られたら」

「ああ……。考えてもみなかった」

「私の分も願ってきてくれる？」

「いいけど、他の人が願っても叶うのかな」

「きっと叶うわ。水樹が願うなら」

「どんな願いなの？」

「水樹がいつまでも幸せで、いつまでも元気でいられますように」

光砂がぎこちなくほほえんだ。

「母さんの夢のことを気にしてるの？」

「それもあるかな……」

「俺は大丈夫だよ。そう簡単に死んだりしない。……それに、俺は毎日幸せだから」

なぜだろう。かすかに視界が滲《にじ》む。

「そうよね」

「そうだよ」

水樹は光砂に自分史上最高の作り笑顔を向けた。

「もし今夜、流れ星を見られたら、俺は姉さんの幸せを願うよ」

「……ありがとう」

光砂の瞳が潤む。

「俺こそ、ありがとう……」

こんなふうに澄んだ気持ちで光砂と向き合えたのは何年振りだろう。

喜ばしいことのはずなのに、水樹はそんな自分になにか不吉なものを感じた。

「まだいたの。早く行きなさい。遅れるわよ」

ダウンジャケットを着たしずかが廊下に姿を見せた。

飼い犬のココアを連れて日課の散歩に出かけるのだろう。

「今出るところよ」

「水樹は早く食事を終わらせてよ。片づかないから」

「わかったよ」

玄関を出ていく二人を見送ってから、水樹は台所に戻った。

茂の前に座る。

気持ちが高揚しているせいか、食欲がない。

「仙堂の倅《せがれ》はどうだ?」

茂がお茶をすすりながら訊く。

茂と航太の父親の聡《さとし》は、水樹と航太同様、幼馴染である。子どもの頃からのつき合いは今も続いていて、月に二、三回はどちらかの家で酒を酌み交わす。

「どうって?」

水樹はすっかり冷えてしまった秋鮭のバターソテーに箸を入れた。

「女性にだらしがないだろう?」

「なんの根拠があってそんなことを?」

「聡もそうだったからな。大学生の頃は相当遊んでいたな」

「だからって、息子もそうなるとは限らないだろう」

とは言ってみたものの、茂の予想は八割方当たっていた。

航太は目鼻立ちのすっきりした端正な容姿に恵まれ、外見上は物静かでクールな印象だが、惚れっぽい一面があり、現在も二人の女性との交際が同時進行中だ。彼の話によると、一人は同じ大学の後輩、水島桃《みずしまもも》。もう一人はファミレスのアルバイトで知り合ったという二十六歳のレイコだ。レイコには家庭があると聞いている。

「まあそうだが、おおかた息子というものは、その行動パターンが父親に似るものさ」

「ってことは、俺も？」

「若い頃の父さんにそっくりだねえ」

「どこが？」

「たとえば、女性に奥手なところ」

「そんなこと知りもしないくせによく言うよ」

水樹は茂の顔を見て苦笑した。

いつ見ても険がない、のびやかな顔をしている。見かけでその人の力量のすべてが量れるわけではないが、このおっとりした人に全校児童およそ千人という小学校の校長がよく務まるものだ。

「色にたとえるならこげ茶色。花にたとえるならイヌフグリ。動物にたとえるならもぐら。虫にたとえるなら、なにかあるとすぐ縮こまるだんご虫」

水樹はぽつりぽつりと言った。

「なんのことだい？」

「父さんの印象」

「ほう」

半分は冗談で言ったつもりだ。多少なりとも怒るかと思ったが、茂は意外にも嬉しそうに目を細めた。

「お前の人を見る目はなかなか鋭い。それに愛がある。いい教師になれるぞ」

「まさかこんなことで褒められるとは思わなかったよ」

水樹は頬を緩めた。

いつも感じることだが、父には人の心を癒す天性の才能があるようだ。

こうして何気ない会話をしているだけで、張りつめていた気持ちが緩み、楽になってくる。

「今さらだが、お前が教師を目指した動機はなんだ？」

「ほんとに今さらだな。それに採用試験の面接官みたいな言い回しだ」

水樹は唇に笑みを浮かべた。

「父さんはなぜ教師に？」

「流れに任せたら教師になってたんだな」

「緩い理由だな」

水樹が笑う。

「そうやって笑うけどな、この世に生きる人は皆、自分の人生の流れに乗って生きているものさ」

「人生の流れか……」

「それは別の言い方をすれば神の采配ってやつだ」

「さすがじいちゃんの息子」

「俺には親父みたいな霊感はないけどな」

茂が苦笑した。

「俺が教師になろうと思ったのは、父さんの影響かもしれないな」

「嬉しいことを言ってくれるねえ」

「子どもの頃から父さんが面白おかしく学校の話をするたびに、自分がまるでその場にいるような気持ちになったものだよ。生き生きと話す父さんを見ていて、いつしか自分も同じ道を歩いてみたいと思うようになったんだ」

「照れるなあ」

茂が頬を染める。

「とくに褒めたつもりはないけど」

水樹の頬もかすかに色づく。

「それに、俺は子どもたちの痛みをわかってやれる気がしたんだ」

「ほう。その根拠は？」

「自分が痛みを知っているからさ」

水樹はおどけて言った。

「痛みを知っている人間は優しい。優しい人間は強い。本当に強い人間は穏やかだ。人を見るときの参考にするといい」

「そうするよ」

「色にたとえるなら水色。花にたとえるならかすみ草。動物にたとえるならうさぎ。虫にたとえるなら蛍」

茂が口もとに笑みをたたえながら言う。

「なんだよ、それ」

「お前」

「どれも地味なものばかりじゃないか」

「地味はいけないことか？」

「そんなことは言ってないけど、いまいち冴えないな」

「どれも見かけで判断すると確かに地味かもしれんが、存在価値的には奥が深いぞ。たとえば水色の絵の具がなかったら空は描けない」

「青で描ける」

「青では情緒ある空にはならん」

「情緒ね……」

「かすみ草があるから花束が生きる。うさぎは寡黙で穏やかだ。蛍は自らの内に炎を宿し、それを燃やして静かに身を焦《こ》がす」

「静かに身を焦がす、か」

水樹は茂の言葉をなぞってみた。

瞬間、光砂の顔が浮かんで、胸の奥が波打った。

「お前、好きな娘《こ》はいるのか?」

「どうして急にそんなことを?」

「俺が母さんと出逢ったのが、ちょうどお前と同じ年頃だったからな」

茂は席を立ち、テーブルの端のポットを手もとに寄せた。急須にお湯を注《つ》ぐ。

「俺が二十二歳で母さんが二十歳。三年間交際して結婚。二年後に光砂が生まれて、その二年後にお前が生まれた」

何度も聞いた話だったが、水樹は初めて耳にしたようにうなずいた。

「二十二歳にもなって、好きな娘の一人もいないようだと、親として多少心配になる」

「好きな人ならいるよ」

「どんな人だ?」

「言いたくない」

「なら、訊くのはやめとくよ」

潔い。

「……姉さんだよ」

「なにが?」

「好きな人」

水樹は茂の目を見ずに言った。

なぜそんな言葉が突然出たのか、自分でもわからなかった。

ずっと言ってみたかった言葉を口にした場所が自宅の台所で、その相手が茂というのもおかしな話であるが、水樹は胸のつかえが取れたような不思議なやすらぎを覚えた。

「俺もだ」

茂が悪びれずに言う。

「そうくるとは、思わなかった」

「どうくると思ったんだ？」

「『冗談だろう』とか、『うまく逃げたな』とか」

「つまり、冗談めかしてうまく逃げたってことか」

茂が顎を撫でる。

「どうかな……」

水樹は急須に手を伸ばし、自分の湯呑み茶碗にお茶を注いだ。

「まあいいさ。今は意中の人がいなくても、いつか現れる。人は出逢うべき人とは必ず出逢う。それも絶妙のタイミングでな」

「絶妙のタイミングか……」

水樹は光砂が先ほどまで座っていた席をぼんやりと見つめた。

自分が生まれたときに、すでに同じ屋根の下にいたというのは「絶妙のタイミング」と言えるのだろうか。

ふいに、庭先でクラクションが響いた。

「航太だ。あいつ八時半に来るって言ってたのに。まだ、八時前だぞ」

「気が早いところも聡そっくりだな」

「いい迷惑だよ」

「まったくだな」

水樹と茂は目を合わせて笑った。

「でも不思議と離れられない。あいつのそばにいると、なぜか落ち着くんだ」

「きっと深い縁があるんだろうな」

茂は独り言のように言ったあと、

「でも、ああいう男はちょっと困るなあ」

眉間にしわを寄せてみせた。

「なんの話だよ？」

「光砂の結婚相手さ」

「問題外だ」

「お前、親友のことをそんなふうに言っていいのか？」

「それとこれは別さ」

「かといって一回りも年上の相手というのもな」

「……一回り年上の相手？」

「光砂が交際している人のことだよ」

水樹は、呼吸《いき》を止めた。

光砂の日記に書かれていた「速水先生」という文字が、脳裏にありありと浮かぶ。

光砂はあの人と交際をしているのか……。

「詳しいことはわからんが、同じ病院の医者らしい。確か外科が専門って言ってたな。名前は、速水真一《はやみしんいち》くんだったかな」

水樹は茂の言葉を無言で聞いていた。というより、言葉を発する気持ちにはなれなかった。

「いつか光砂を他人に渡す日が来ると思うと、いたたまれないなあ」

「他人じゃなきゃいいの？」

水樹は真顔で訊いた。

「え？」

「俺がもらうよ」

「もらうって？」

「姉さんを」

「いいよ」

茂は、あっさりと答えた。

「いいのかよ。そんなこと簡単に言って」

「ただし、できるものならね」

茂がにやりと笑った。

「だよな」

水樹も笑みを浮かべて立ち上がった。

今夜の俺はどうかしている。

まるでこの世にやり残したことがないように身辺整理をしているみたいだな。

ふと、そんな思いが胸をかすめる。

「水樹！　遅いぞ」

玄関先で航太の声がする。

「せっかちな奴だな」

水樹は席を立ち、

「行ってくるよ」

茂に向かって右手を挙げた。

ナイトドライブ

クラクションが鳴って数分後、水樹は赤いステーションワゴンに体を沈《しず》めた。

ステーションワゴンは、かすかな唸り声を上げて通りへ出た。

「お前、夜にサングラスはないだろう」

水樹の言葉に、

「これはナイトドライブ用だ。似合ってるだろ?」

航太は髪をかき上げて笑った。

清涼感のあるシトラスの香りが車内に拡がる。

「悪かったな。予定よりも早くて」

「いいさ。どうせ暇だ」

「だろうと思って、早めに来てやったんだ」

「それはどうも」

水樹は作り笑いを浮かべた。

「冴えない表情《かお》だな。なにかあったのか?」

水樹は返事をせずに、窓の外に目をやった。

山の中腹にある集落の周りは暗い。人家も少なく、むろん店などもない。たまにある街灯の光でさえも、どんよりと沈んでいる。

水樹は外の景色に放っていた視線をサイドウィンドウに移した。硝子に映る自分の顔がひどくやつれて見える。光砂につき合っている男がいると聞いただけで、こんなにも身の置きどころのない疲弊がのしかかってくるとは。

水樹は力なく溜息をついた。

「溜息なんかついてどうしたんだよ？　どうせ光砂のことだろう」

これまで航太に光砂への思いを口にしたことは一度もない。けれど、勘《かん》のいい航太は水樹の気持ちなどとうにお見通しといった調子で、ことあるごとに光砂のことを話題にする。

水樹はそのたびに話をはぐらかしてきた。

「天文台のある山に行くのか？」

いつものように話を逸らす。

「そのつもりだよ。あそこがこのあたりで一番天に近い場所だからな。夜景を見るには絶好のポイントだ」

彼らが暮らす街の西に位置する標高九百メートルほどの山の頂には、二十数年前まで観測が続けられていた天文台がある。近隣の都市開発が進み、夜空が明るくなり過ぎて観測が困難になったことが、閉鎖の理由だと聞いている。役目を終えた天文台は、その後、宿泊施設として生まれ変わっていた。

水樹は中学二年生の夏休みに家族でそこに宿泊をしたことがある。天文台の敷地内は芝生で覆われており、ところどころに数棟のバンガローが設置されていた。バンガローの中は清潔で、家族七人分の布団が敷ける充分なスペースがあった。そのうえ冷房も完備されており、とても居心地のよい空間だった。

あの日、茂が事前に作ったあみだくじで、それぞれが眠る位置が決まったのだが、水樹は光砂の隣になってしまったのだった。光砂と同じ部屋で眠るなど幼稚園以来のこと。それだけでも息苦しいほどの高まりがある。ましてや、その相手と布団を並べた状態で、やすらかに眠れるはずがなかった。

そんな気持ちをよそに、光砂は床に就くとすぐにかすかな寝息を立て始めた。他の家族たちも皆、穏やかな息遣いで深い眠りへと落ちていった。

何回もの寝返りを空しく繰り返すことに疲れた水樹は、一人バンガローを抜け出した。

風の強い、空気の澄んだ夜だった。芝生に寝転んで天を仰ぐと、おびただしい数の星がそこに在《あ》った。

夜空をじっと眺めているうちに平衡感覚があいまいになり、自分の体が宙を漂っているような浮遊感を覚えた。それは決して不快なものではなく、むしろ心地のよい感覚だった。

水樹の体はそのままどんどん上昇していき、はてしなく拡がり続け、やがて数多《あまた》の星々と同じ空間へと放たれた。その場所で、水樹はこれまでに味わったことのない圧倒的なやすらぎに包まれた。怖いものはなに一つなくなり、普段自身を苦しめている重苦しい負の感情も失せた。ただただ平和で穏やかななにかが、とてつもなく大きくて、けれどもそれを感知するにはあまりにも微細ななにかが水樹をしっかりと抱きしめた。

そのまま眠ってしまったらしく、朝日が昇る頃、芝生の上で目を覚ました。

「いい夢を見た」

水樹は朝日のまぶしさに目を細めながらつぶやいた。

でも、心の奥ではわかっていた。

あれは夢などではない。

自分はこの世とは一線を画す別の時空を垣間見たのだと。

あのときなぜそんなふうに感じたのか、今でも不思議でならない。

「いつだったか、天文台のバンガローに泊まったことがあるって言ってたよな」

「中学生の頃にね」

「どうだった？」

「星がきれいだったな」

水樹の脳裏にあの夜の光景が鮮明に蘇る。

「まったく心が躍らないありきたりな答えだな」

航太が苦笑した。

天文台がある山は水樹の自宅がある山とは、間に街を挟んで向かい合っている。そのため一度山を下り、街を抜け、再び山道を登らなければならない。山頂に着くまでにおそらく一時間以上はかかるだろう。

二十分ほど走ると、街にさしかかった。道路脇に並ぶ商店のほとんどはシャッターを下していたが、時折現れる街灯は不自然なほど明るい。その明るさが、なぜか自分をいたぶっているように感じて、水樹は目を閉じて眉間に手を当てた。

閑散とした街を抜けて、再び樹々に囲まれた道に入った頃、彼はいつも口数が多い航太が無口なことに気づいた。

「どうした？　具合でも悪いのか？」

水樹は航太の横顔に声をかけた。

「……お前、死にたいと思ったことあるか？」

前方を見据えたまま、航太が訊く。

「急にどうしたんだよ？」

水樹は驚いて訊き返した。

「死にたくなったことがあるか？」

航太はまた同じことを言った。

「あるよ」

水樹は正直に答えた。

あきらめることも貫くこともできない恋……。

光砂との未来を思うと絶望が降りてくる。絶望と死を望む気持ちはいつだって隣り合わせだ。けれども、それは実際に「自死」という行為を遂げようという決意には結びつかない。「死にたい」と思うだけで、ある種の癒しになる。その程度のものだ。

「なら、なぜ死なずにいる？」

「怖いからさ」

「臆病者め。男ならそういうことは、思っても言うもんじゃないぜ」

「死にたくなったら、すぐ死んでしまう奴は、勇気があるのか？」

「死を怖れなかったという点ではな」

「でも、現実から逃げたという弱さがあるだろう」

「弱いと思われたとしても、死んでしまったら関係ないさ」

「……お前、死にたいのか?」

「ああ」

「どうして?」

「生きてることが面倒くさくなったんだよ」

「なんだよ、それ」

「俺にもいろいろあるんだよ」

航太が薄く笑った。

「なにもないときでも、ふと、自分が生きてる価値のない人間に思えてくることがあるんだ」

「そんな言葉を口にするなんて、お前らしくもない」

言いながら、水樹はふいに背筋に悪寒を覚えて身震いをした。

何気なく航太のほうに目をやると、彼の背後にほの黒い煙のようなものが溜《た》まっている。

「航太！　お前の背中になにかいるぞ！」

思わず声を上げた。

「背中に?　どうりでさっきから背中がずっしりと重たいと思った」

航太はさほど驚く様子もなく言った。

「あまり死にたいなんて言ってると、ネガティブな波動に共鳴して低級な存在が近寄ってくるんだ」

水樹は、以前に満から聞きかじったことを伝えた。

次の瞬間、航太の背後にあった煙のようなものが、彼の中に吸い込まれていった。

「低級な存在とはなんだ！　無礼者め」

航太が口を開いた。

いつもの航太の声ではない。地の底に響くような野太い声だ。

こちらを一瞥《いちべつ》する目がつり上がり、恐ろしい形相をしている。

水樹は航太の体が何者かの霊に支配されたことを悟った。

「航太、しっかりしろ！　車を停《と》めるんだ」

必死で叫んだ。

樹々に囲まれた一本道はあと数百メートルほどで、カーブ続きの山の中へ分け入っていく。他者の霊に支配された者にまともな運転ができるとは思えなかった。このままでは自分たちの命が危ない。夕飯のときにしずかが言っていた夢の話が、水樹の胸にリアルに迫ってきた。

「車を停めろ！」

語気を強めても、航太は耳をかさない。

鋭いまなざしを前方に向けたままハンドルを握っている。

まもなく前方に大きなカーブが現れた。

水樹はとっさにハンドルに手を伸ばし、カーブに沿って左に切った。

「余計なことをするでない！」

航太が怒鳴る。

「お前は誰なんだ！　航太じゃないだろう！」

水樹も負けずに声を張り上げた。

「わしは野口源之信《のぐちげんのしん》。天文の時代に生きた武士だ」

航太はアクセルを緩めて車を停めた。

道の端ではなく真ん中だ。

「わしはこの男にめぐり会えるときを、ひたすら待っておったのだ。わしの家があったあの場所でな」

「この男？」

「今わしが入っているこの男よ」

航太の目がぎらりと光る。

「どうして航太を待っていたんだよ？」

「この男の息の根を止めるためだ」

「息の根を止める？」

「そうだ。この男もろとも崖から落ちる」

「なぜそんなことをする必要がある？」

「深い恨みがあるのだ」

「恨みが？」

「この男はその昔、わしの主君であった。権力にものをいわせ、わしの妻に手をつけたのだ。妻はそれを気に病み、村外れにあった沼に身を投げて命を絶った。三歳になったばかりの娘を道連れにな」

「……かわいそうに」

水樹は思わずつぶやいた。

その話が事実だとしたら、主君の身勝手な振る舞いがなければ、源之信の家族はささやかな幸せを紡ぎながら生き続けることができたのだろう。

「妻と娘を亡くしたあと、わしも同じ場所に身を投げた。妻と娘のところに行きたくてな。でも、行けなかった。肉体は死んだのに、昇天できなかった。だから、あれからずっと肉体を持たないまま彷徨《さまよ》い続けているのだ」

航太は両手で顔を覆った。

「この男を殺《や》らねば、本懐を遂げねば、妻たちのもとには行けぬ」

「ちょっと待ってくれよ。こいつはその男とは別人だ」

過去生というものの存在を充分認識していながらも、水樹はあえてそう言った。

「わしが申しておるのが現世の話ではないことぐらい、そなたならわかるであろう」

言われて、水樹は口ごもった。

「あの男とこの男は同じ魂だ」

「……なぜ、今なんだ？　奥さんと娘さんが命を絶ったあと、すぐにその男を殺せばよかっただろう」

「それができなかったのだ。奴の側近には呪術師がおったのよ。そやつが使った魔除けの術のせいで奴に近寄れなかったのだ」

「魔除けなら俺も持っている。気休めだけどね」

水樹はしずかが持たせてくれた粗塩をシャツのポケットから取り出した。

「それは気休めなどではない。本物の力を持っている。だから、そなたにはこれ以上近寄れないのだ」

「これに本物の力が？」

「霊力《ちから》のある者が念を込めると、ただの塩も強力な魔除けの力を宿す」

「母にはそんな能力《ちから》はないよ」

「そなたの母上は、そなたの死を予知しておられるであろう」

「……俺は死ぬのか？」

「そなたの肉体は死ぬが、魂はここに残る」

そんなことを聞かされても、水樹の心は不思議と乱れなかった。どこか他人事のようで現実味がない。

「成仏できないってことか。あなたのように」

「そうではない。別の体を得る」

「意味がわからない」

「言葉どおりだ」

「……俺が別の体を得る。どうしてそんなことがわかる？」

「人は肉体を失くすと、時間と空間の束縛から解放される。天の涯《は》てまでも行ける。遥か昔も、遥か先の出来事も自由に視ることができるのだ」

「それなのに、どうして奥さんや娘さんがいる天国に行けないんだ？」

「天国？」

「天の国。亡くなった人が行くとされる美しい場所だよ」

「極楽のことか。極楽には行けぬ」

「天の涯てに行けるのに？」

「どこに行っても、ここに戻ってきてしまうのだ」

「執着があるんだな」

満は言っていた。「この世に執着がある者は天に還《かえ》れない」と。

「そうだ。この男を殺《や》らねば、天には行けぬ」

「航太を殺したら還れない。人を殺《あや》めて穢れた魂は天国には行けないんだ」

これも満が言っていたことだ。

「恨みを晴らさねば、この世を去れんのだ」

「恨みを晴らさなくても行ける。恨みを、手放すんだ」

「恨みを、手放す？」

航太は前方を見つめて、黙り込んだ。

「二人のところに行きたいなら……」

言いかけた水樹の声を遮るように、

「……妻もそなたと同じことを申しておる」

「奥さんが、来ているのか？」

「娘もな……。あの日以来、初めて会えた」

航太の目から大粒の涙がこぼれ落ちた。

次の瞬間、航太の背中からほの白い煙のようなものがあふれた。

それはフロント硝子をすり抜けて、夜の闇に溶けていった。

航太が髪をかき上げて深呼吸をする。

「全部聞いていたよ。俺の口が勝手に喋る言葉をな」

水樹を見て笑う。

「俺ってひどい奴だったんだな。ときどき死んじまいたくなる理由がわかったような気がするよ」

「生まれてくる前の話さ」

「でも、同じ魂だろう」

「気にするな。肝心なのは今をどう生きるかだよ」

「今もたいして立派な生き方はしてないけどな」

「知ってる」

「うるせえよ」

航太は姿勢を正して、ハンドルを握った。

「もう、十一時過ぎじゃないか」

水樹は車内の時計を見て驚いた。

源之信と話していたのはほんの十数分と思っていたが、あれから三時間近く経っている。

ステーションワゴンが停まっていたのは道路の真ん中だったはず。その間、対向車や後続車が来なかったのは奇跡としか言いようがない。それとも、実際は何台も通っていったのだろうか。

もしかしたらあの男と話している間、この車はこの場所の別の次元にいたのかもしれない。

流れ出した車窓の景色を眺めながら、水樹はぼんやりとそんなことを考えていた。

いくつものカーブをかわし、およそ五十分かけて、二人を乗せたステーションワゴンは天文台の駐車場に着いた。駐車場にはすでに十数台の自動車が停まっていた。水樹と航太は天文台へと続くなだらかな斜面を登った。

天文台の敷地に入ると、それまでの鬱蒼《うっそう》とした山道が一変して、急に視界が開ける。水樹は眼下に拡がるおびただしい数の光に圧倒された。

「街の灯りが光の海みたいだな。光のさざ波が瞬いてる」

「圧倒的だな」

航太が言葉を続ける。

「この光の一つひとつに人間の営みがあるんだな」

「ああ」

「この光の中にはいくつもの幸せがあって、いくつもの悲しみがあるんだろうな」

「この世にあるのは、ただ現象のみだ。それをどうとらえるかはその人間次第だ。おめでたい奴はそれを幸せと言い、後ろ向きな奴はそれを不幸と言う」

航太は両手を天にかざして、大きく背伸びをした。

「なんだか、家のじいちゃんと話してるみたいだな」

水樹は苦笑した。

「それは最高の賛辞だ」

航太は笑いながら、天を仰いだ。

「おい、見てみろよ。流れたぞ」

水樹は視線を天に向けた。

一つ、また一つ……。

刻々と過ぎる時間《とき》の流れをかすめるように、澄んだ夜空を流星が滑っていく。

「見て！　あそこ！」

「きれい！」

「ほら、こっちにも」

「あっ！　また流れた」

周辺にいた先客たちの声が華やぐ。

ひときわ明るい流星が天を横切ったとき、水樹は心の中で願をかけた。

『光砂の未来が幸せに包まれますように』

采配

ほんの一瞬の出来事だった。

天文台の駐車場を出て、三番目のカーブを曲がりきったときだ。突然現れた対向車が、ステーションワゴンに接触した。航太がとっさにハンドルを崖側に切ったため、ステーションワゴンは路肩から山の斜面を滑り落ち、むき出しの岩に激突した。車がひしゃげる轟音とともに、水樹の全身を焼けつくような痛みが襲った。

気がついたときには、どこかの医療現場の天井付近に浮かんで自分の体を見下ろしていた。

「おい、水樹、これが幽体離脱ってやつか？　意識が体の外にあるぜ」

隣で航太が言う。

「……たぶん」

幽体離脱という言葉は満から聞いたことがある。「俺はときどき、この肉体を抜け出して時空を超えて遊び回っている。いわゆる幽体離脱ってやつさ」満はいつだったか、そんな言葉を口にしていた。

幽体離脱という現象を頭で理解していても、自分はここにいて意識もあるのに、ベッドの上にもう一人の自分がいることが不思議だった。まるで現実味がなく、夢を見ているような心もとなさだ。

「お前……、もしかして、もう……」

航太が水樹の体に目を向けた。

水樹は改めて、ベッドに横たわる自分の体を見つめた。

首から下は白い布で覆われていて怪我の状況を確認することはできないが、穏やかに目を閉じた顔は土気色にくすんでいる。そこに命の律動は感じられない。

「俺、死んだのか……？　嘘だろう……？」

思わず言葉がこぼれた。

「ということは、お前も？」

「いや、俺の体は今、瀬戸際だな……」

酸素マスクに覆われた航太の顔面は蒼白。右肺に損傷があるらしく、右胸に挿入されている管からは、絶え間なく血液が流れ出ている。

航太の周りでは、二人の医師と三人の看護師が懸命の処置を続けていた。

その中に光砂がいた。処置を行う医師の傍らで心電図のモニターを凝視している。

「光砂がいるってことは、ここは隣町の病院の救命救急センターだな」

航太がつぶやく。

水樹はもはや微動だにしない自分の体を視界に抱えたまま、光砂を見つめた。

ほんの数時間前、俺の腕の中には光砂がいたのに……。

もう二度とこの腕で彼女を抱きしめることはできないんだ。

そう思うと、とてつもない悲しみが押し寄せてきた。

「……もし」

航太が下を見つめたまま言った。

「俺の体が蘇生されるようなことがあったら、お前が俺になれよ」

「……どういうことだよ？」

「俺の体をやるよ」

「……やる？」

「光砂のことが好きなんだろう？」

訊かれて、水樹は黙り込んだ。

「隠すなって。俺はとうにお見通しだ。そのことでお前がずっと苦しんでることもな」

航太がほほえんだ。

「だから俺の体をやると言ってるんだ。別の人間になればもう姉弟じゃない。恋が許される」

水樹は蘇生に向けて懸命な処置がなされる航太の体を見つめた。

「幸い顔には怪我を負っていないし、今よりもいい男として生まれ変われるぞ」

「……たちの悪い冗談はやめろよ」

「冗談？」

「すでに死んでいる俺が、他の人間の体に入れるわけがないだろう。それに、人の生死は神様が決めることだ」

「これは、その神様が決めたことだ。ここで俺の心にその思いが芽生えたこと、それこそが神の計《はか》らいだよ。あの男が言ってた言葉を思い出してみろよ」

「あの男？」

「俺の中に入ってやがった武士さ」

源之信は言っていた。「そなたの肉体は死ぬが、魂はここに残る」そして、「別の肉体を得る」と。

「あの男は過去や未来が見えると言ってただろう。あいつがお前の未来を示したじゃないか。それが俺の体で生きるということさ」

「だとしても、無理だ。まだ生きられるお前の人生を奪うことなんてできない。そんなこと俺の良心が許さない」

水樹はきっぱりと言い放った。

光砂への思いは本物だ。その思いに一点の曇りもない。これからもずっとそばにいたい。離れたくない。だからといって親友の体に入って、何食わぬ顔で光砂に近づくような卑劣な真似だけはしたくない。絶対に。

「遠慮するな。俺は十分遊んだから、この世に未練はない。というより、あまり戻りたくないっていうのが本音なんだ」

航太が眉をひそめる。

「どういうことだよ?」

「実はレイコと二股をかけてることを桃に知られたんだよ。今夜、桃が家に怒鳴り込んできて大騒ぎだよ。頬にビンタはくらうし、両親にも死ぬほど説教されるしな」

「それは自業自得じゃないか」

「……まあな」

「この世に未練がないなんて言葉、お前には似合わない。助かったら、自分の人生を生き抜くんだ。俺の分まで……」

水樹は小声で、けれども、力を込めて言った。

「認めたくはないけど、俺は自分の運命を受け入れるよ。だから、お前の体などいらない」

それでいいんだ。

俺は体を持たないまま光砂を見守っていけばいい。

航太は無言で、処置が続く自分の体を見下ろしている。

長い沈黙のあと、

「俺が体に戻るつもりがないのは、桃に二股がバレたからなんかじゃないんだ。もっと別の理由だよ」

「別の？」

「俺のせいでお前が死ぬ。この世に思いを残したまま死んじまう。俺の運転する車が事故に遭って、自分だけ助かるという現実が許せない。その事実を生涯背負って生きるくらいなら、死んで詫《わ》びたい」

航太は神妙な面持ちで言った。

「馬鹿馬鹿しい。そんな義理はいらないよ。そもそも事故はお前の責任じゃない。不可抗力だ。俺はこれっぽっちもお前を恨んでなんかいないさ」

水樹は航太に笑みを向けた。

「それに、お前のいない世界で生きていても張り合いがないよ」

「光砂がいるだろう」

航太の言葉に促されて、水樹は光砂を視界に抱えた。髪を後ろで束ねた光砂の表情は、剣《つるぎ》の切っ先のように張り詰めている。その表情からは、医療の現場に生きるプロフェッショナルとしての誇りと覚悟がにじみ出ていた。

「いい女だよな」

航太がつぶやくと、

「……そうだな」

水樹もかみしめるように言った。

航太への処置はまだ続いている。

二人は黙ったままでその様子を見守っていた。

「血圧が上がってきました。八十三の三十九です」

光砂の声。

「了解。さあ、戻ってこいよ！　逝くのはまだ早いぞ！」

長身で端正な面差しの医師が放った言葉が、啓示のように水樹の心に響いた。

「行くんだ！　水樹！」

航太が強い口調で言う。

水樹はベッドに横たわる自分の姿を見た。

そして、光砂を見た。

愛しさが込み上げる。

その気持ちを無理やり抑え込む。

「行くのは俺じゃない。お前が戻れ！　お前の体だろう！」

声を荒らげて言葉を返す水樹の背中を、

「行け！」

航太が強く押すと、全身が下に向かって引っ張られた。

「桃とレイコのことは上手くやっといてくれよ。できればどっちも傷つけずにな。頼んだぞ！」

航太の声に続くように、数週間前の夜に聞いたあの声が耳に飛び込んできた。

「ドンナ　カラダヲ　エテモ　シンジツノ　アイワ　ホンモノノ　アイテヲ　ミウシナウ　コトワ　ナイ」

声が途切れると、激しい耳鳴りがした。

覚醒

夢を見ていた。

それは、幼い頃に水樹が実際に体験した出来事そのものだった。

水樹は覚醒されつつある意識の中で、先ほどまで漂っていた夢の記憶をもう一度たどった。

風の強い夏の夜。

天には煌々《こうこう》と輝く満月。

水樹と光砂は、河原に立って夜空を眺めていた。

「見て」

光砂が天に両手をかざすと、それまで満月の光に消されてわずかな星しか見えなかった夜空を、いく千もの星が一斉に滑り始めた。

水樹は天を仰ぐ光砂のワンピースの裾を強く握りしめた。

「どうしたの？」

光砂が訊く。

「怖い……」

「怖いの？　なぜ？」

「だって、宙《そら》が壊れた。星のかけらが……」

言いかけた水樹の唇を、ふいに光砂の唇がふさいだ。

瞬間、自分の中でなにかが弾け、それまで味わったことのない悲しみに包まれた。

思いがけない出来事に対する驚きではない。

ましてや、姉の唇の感触を知ったときめきでもない。

ただただ、悲しかった。

そして、怖かった。

なによりも、切なかった。

どうしてこんな気持ちになるのか……。

幼い水樹には、とうてい理解することはできなかった。

水樹の頬を止めどなく涙が伝った。

あれがすべてのはじまりだった。

初めて光砂を姉以上の存在として認識した大きな事件だった。

徐々に鮮明になる意識に任せて、まぶたを開く。

視界を包む淡い光がやがて、はっきりとした輪郭をもつ。

体中が痛くて重い。呼吸が苦しい。

「ここは……？」

天井を眺《なが》めたままつぶやいた。

声がひどくかすれている。しかも、いつも聞きなれた自分の声とは、あきらかに違う声色に水樹は戸惑った。

「病院の集中治療室よ」

ベッドの脇で光砂が言った

「よかった。意識が戻って」

「……姉さん」

思わず言葉がこぼれる。

「私は航ちゃんのお姉さんじゃなくて、水樹のお姉さんよ」

「……航ちゃん？」

「大丈夫？　あなたは航ちゃんなのよ。しっかりして、仙堂航太くん」

光砂が航太の目をじっと見つめた。

「俺が、航太？　あっ……」

水樹は自分の魂が航太の体の中に入ったことを理解した。

「……み、水樹は？」

「水樹は天国に行ってしまったわ。昨日が告別式だったの」

光砂が目を伏せた。

「意識が戻るなり、こんな話をしてごめんなさいね」

そっと、肩に手を触れる。

水樹は窓の外に視線を投げた。

緋《ひ》色に染まる空を飛行機雲が一直線に伸びていく。

「苦しくない？」

「少し」

「右の肩と腕を骨折してるの。それから、右の肋骨が三本折れていて、そのうち一本が肺に突き刺さっていたのよ。肺から出血をしていて、ここに運び込まれたときはとても危険な状態だったの」

光砂は窓の外に目を向けた。

窓越しに届く夕映えが頬を染めて、目を見張るほど美しい。

「水樹はここに来たとき、もう息がなかった。頸椎損傷による呼吸不全で……」

「……そうか」

「でも、航ちゃんは自分が元気になることだけを考えていればいいのよ。水樹のためにもね」

「今は、なにも考えられない……」

「それは私も同じだわ。大切な弟を失ったんだもの……」

光砂の目が潤む。

大切な弟……。

水樹は心の中で光砂の言葉を反芻《はんすう》した。

切なさとも悲しみともつかぬ思いが湧き上がってくる。

光砂がベッドサイドを離れると、

「俺は今日から仙堂航太」

水樹は小声でつぶやいてみた。

「身も心も仙堂航太として生きる。森本水樹は死んだんだ」

言葉にしたとたん、重苦しい喪失感に飲み込まれそうになった。

「……航太」

呼びかけてみるが返事はない。

喪失感が絶望に変わる。

水樹は頬に涙を滑らせながら、

「すまない……」

うわごとのようにつぶやいた。

ふいに、強い眠気がさしてくる。

彼は乾いた砂地に引きずり込まれるように眠りに落ちた。

幽体離脱

どのくらい時間が経ったのだろう。

気がつくと、水樹は集中治療室の天井付近に浮かんでいた。

「……幽体離脱か」

眼下では航太の体が規則正しい呼吸を繰り返している。

ベッドサイドには心電図のモニター、ベッドの左下には尿を溜めるビニールバッグがかかっていた。体の右側から伸びている管は、傷めた肺に繋がっているのだろう。右腕にはギプス、左腕には点滴の管……。

「満身創痍だな」

それが今の自分の体であるのに、水樹は他人事のように言った。

集中治療室の壁にかけられた時計は十二時三分。窓の外が暗いから夜だろう。

病室に並ぶ八つのベッドのうち、六つが埋まっていた。どの患者も生気のない顔で目を閉じている。

「家族はどうしてるかな……」

思った瞬間、自分の部屋にいた。

ベッドの上には無造作に置かれた濃紺のジャケット。机の上には仕上がったばかりの小説原稿。

部屋は夜景を見に出かけたときのままになっている。

水樹は小説原稿の表紙をそっと撫でて、縁側へ出た。

優と駿の声が聞こえてくる。

「また喧嘩でもしているのか」

水樹は障子戸をくぐり抜けて彼らの部屋に入った。

優と駿は小学生の頃から互いに背を向ける形で机を配置しているが、今夜はなぜか優の机に駿が、駿の机に優がいる。

「ダメだ。お前の机だと、まぬけが移る。全然能率が上がらないぜ」

駿が言う。

「それは俺の台詞《せりふ》だ。お前の散漫が移って、全然集中できん」

優が駿を睨んだ。

「机を変わってくれって言ったのはお前だろうが。自分の机のほうが縁側寄りで寒いとか言って」

駿も睨み返す。

「実際変わってみたら、こっちでも寒さは変わらんな。そのうえ、机の上が散らかってて集中力が削がれるし、最悪な環境だぜ」

「うるせえんだよ」

「そもそも、なんで俺らこんなに仲が悪いのに相部屋なんだよ。部屋はいくつも余ってんのによ」

「じいちゃんの方針だから仕方ないだろうが」

「だいたいな、仲が悪いから相部屋っていう理屈がわからないよ。普通は仲が悪かったら離すだろうが」

「まったくだぜ」

めずらしく駿が優に同調する。

「なにが『まったくだぜ』だ。偉そうに」

「偉いから偉そうにしてんだ。文句あるか」

「あるから言ってんだよ」

「相変わらずくだらないことで言い争ってるな」

水樹が部屋から出ようとすると、

「こんなとき、水樹兄さんがいたら『いい加減にしろ！』って怒るんだろうな」

優が言った。

「もういくら喧嘩しても止めに来てくれないんだよな」

駿がノートに目を落とす。

「淋しいな……」

「……そうだな」

二人はしばし黙りこんだ。

「さて、へこんでないで、勉強すっか」

先に口を開いたのは、駿だった。

「勉強って、お前がやってるのは、ただの漢字書き取りじゃないかよ」

優が駿のノートをのぞき込む。

「うるさいんだよ。漢字は現代文の基本中の基本なんだ。悔しかったら『あなご』って漢字で書いてみやがれ」

「そんな漢字は絶対に入試に出るもんか。無駄なことしてないで、もっと効率的に学ばんかい」

「無駄で悪かったな。お前こそへたくそなお絵描きなんかしてないで中身のある勉強したらどうなんだよ」

駿が優のノートを一瞥した。

「お絵描きなもんか。英語の長文読解の問題を、絵にして解釈してるんだ。お前とは違って高度なことやってんだよ」

「絵にしないと理解できないようなぼんくら頭じゃあ、とうてい現役合格は無理だな」

「言いやがったな。もしも俺が現役合格したら一万円もらうからな」

優が駿を睨む。

「おお、くれてやる。ただし、お前が受験校のうち一つでも落ちたら二万円もらうからな」

駿が優を睨み返す。

「やだね」

「馬鹿馬鹿しい。こいつらの魂の融和とやらは一生無理かもな」

水樹は優と駿の頭を軽くたたいて部屋を出た。

台所には満がいた。いつものように焼酎を飲んでいる。

「おう、水樹。よく来たな」

「見えるの?」

「見えるさ」

「どんな姿で? 水樹? それとも、航太?」

「俺が今、なんて呼んだか聞いていなかったのか？　お前は水樹のままさ」

満はグラスを軽く揺らして目を細めた。

「そんなところに立っていないで座れよ」

「座れるかな」

「たやすいことよ」

水樹は慎重に体を椅子に預けた。

数秒の沈黙のあと、

「こんなことがあっていいのかって思うんだ」

水樹は力なく言った。

「別の人間の体に入ったことか」

「知ってるの？」

満が無言で首肯する。

「航太の人生を奪ったことになるんだって考えると苦しくなるよ。俺のせいで、あいつは短い一生を終えることになったんだ。……俺は人を一人、殺してしまったんだ」

「すべて必然さ。苦しむ必要はない」

あっけないほどさらりと言って、満は焼酎を口に含んだ。

「こうなることで清算されたものがあるのさ」

「……清算？　どういうこと？」

「過去生でお前と航太は、それは仲のいい兄弟だった。航太が兄でお前が弟。歳は四つ違い。航太はお前をかわいがり、お前は航太を慕っていつもそばを離れなかった」

満は水樹に視線を向けてほほえんだ。

「航太が七つ、お前が三つのとき、航太は誤ってお前を死なせてしまったんだ」

「死なせた？　なにがあったの？」

「お前たちが暮らしていた家のすぐ前に川があった。そこは流れが穏やかで、たくさんの小魚が楽しそうに戯れていてな。陽当たりのよい平和な場所だった。お前たちは毎日のようにその川へ行って遊んでいたのさ」

「そこで俺は命を落としたんだね……」

「蜻蛉《とんぼ》さ」

「蜻蛉？」

「弟を背負って向こう岸へ渡ろうとしていた兄の目の前をオニヤンマが横切った。兄は驚いて目をつむり、その瞬間、運悪く足を滑らせて転倒した。背負われていた弟はそのはずみで川の中に投げ出されてな」

満は言葉を止めて軽く息を吐いた。

「たまたまそこにあった小さな岩に頭をぶつけてしまったのさ」

「それで死んでしまったのか……」

「そういうことだな」

満の声は穏やかだ。

「両親もそうだが、ことに兄は深く悲しんだ。自分のせいで弟が死んだと自分を責め続けた。底のない深い悲しみは、彼の心を少しずつ蝕《むしば》み、本来持っていたやさしさや慈しみの感情が消えていった。やがて大人になると暴君と恐れられる主君となり、多くの罪なき者の命を奪うようになる」

満が切なそうな表情を見せた。

「そして、とある武士の家族を破滅に追いやり、後世まで恨まれることになるのさ」

満の言葉を聞きながら、水樹は源之信のことを思った。

満は水樹の心を見透かすようにうなずいた。

「そのとおりだ」

「つまり、航太は過去生でお前の命を終わらせてしまったという自責の念を浄化するために、現世で自分の体をさし出したというわけだ」

言いながら顎鬚を撫でる。

「覚えているの？　過去生での出来事を」

「頭では覚えていないが、魂のレベルで記憶しているのさ。いつか、言っただろう。『魂の奥深くに向こうの世界と繋がっている場所があって、ときどきそこから過去の情報がこぼれ落ちてくる』と」

「言ってたね」

「だから、あのとき航太の口からあの言葉が出たということさ」

「『俺の体をやる』と？」

「そうだ」

「まるでそばで見てたみたいだね」

「見てたんじゃない。視えていたのさ。お前たちの声も聞こえていた」

「超越してるな……」

水樹が苦笑する。

「魂の旅は気が遠くなるほど永い。人間がこの世で生きるのは、長くてせいぜい八十年から九十年。しかし、その何百倍もの魂の連鎖がある。その流れの中で、人は罪を犯したり、その罪を償ったり、いろいろとやっとるのさ」

満は目を細めて鷹揚に笑った。

「あれこれ思い悩むのはよせ。流れに任せていればいい」

満の目が水樹に向けられた。

「どんなにとんでもないことでも、起こる出来事はすべて必然だ。それがその人間の魂の成長にとって必要だから起こる。そのことを忘れるなよ」

「……覚えておくよ」

「いよいよだな」

「いよいよ？」

「いつか俺が話しただろう。お前がこの世に生を成した理由《わけ》さ」

水樹は以前満が語った、何度転生しても結ばれることのなかった二つの魂の話を思い出した。

「あのとき、俺とは一言も言ってなかったよ」

「そうだったかな……」

満はグラスを眺めながら言った。

「お前は今、神の計らいで万に一つの奇跡に遭遇してるんだ。ただし、この奇跡は大きな危険と隣り合わせだ」

「大きな危険？　どんな？」

「仙堂航太の中にいるのが森本水樹であることを誰にも言ってはならんぞ。そのことを自ら口にした瞬間に、森本水樹はこの世から消滅する」

「……消滅？」

「そうだ。消滅して天へ還《かえ》らねばならなくなる」

「体は？　航太の体はどうなるの？」

「もちろん、すべての機能が停止する」

「命を終えるってことか……」

「そうだ」

「……怖いな」

水樹は視線を落としてつぶやいた。

「怖いなら、決して自分の正体を明かさぬことだ。ただし」

満の目が光を含む。

「本物の相手にだけは、それが許される。お前が伝える前に相手が気づくという条件つきでな」

「本物の相手？」

水樹はこわばった表情で満を見つめた。

「言葉どおりさ」

水樹は満から視線を外して天井を仰いだ。しばしの沈黙のあと、

「じいちゃんに知られるのは大丈夫なの？　俺はまだ消滅していないけど」

満に問いかけた。

「お前は俺に一言でも自分の正体を明かしたか？　仙堂航太の中身は森本水樹だと」

「明かしてはいない」

「それならなんの問題もない」

満は目を細めて、

「愛とは受容だ。相手のすべてを許し、受け入れる。なんの見返りも求めずに、ひたすら相手の幸せを願う。それこそが本物の愛だ」

静かに言った。

水樹は満の目を見つめて、小さくうなずいた。

けれど、満がなぜそんな話をするのか、その真意はつかめなかった。

「なによりも尊重せねばならないのは思いであって、言葉や行動ではない。表面的なもののみに振り回されて、気を揉んでいる人間がいかに多いことか。本当に見なければならないのは、その人の思いだというのに」

「思いと言葉と行動は一致しているものじゃないの？」

「普通はそうだが、俺が話しているのはそうではない場合のことさ」

穏やかな表情で言う。

本堂の振り子時計の鐘が一つ鳴った。

台所のテーブルの上にある置き時計は十二時三十分。

「そろそろ仙堂航太の体が目覚めるぞ」

「どうしてわかるの?」

「薄くなってる」

満の声が遠くなる。

ふいに水樹の脳裏を光砂の顔がかすめた。

次の瞬間、水樹は見知らぬ公園に飛んだ。

眼下のベンチに光砂。その隣には、長身の男がいる。

どちらも後ろ姿で、表情はうかがえない。

「あれが速水か……」

水樹は息を殺して二人を見守った。

光砂はうつむいている。

男の手が光砂の肩に伸びる。

「姉さん……」

思わずこ声がこぼれた。

気づくと、水樹は集中治療室の天井付近にいた。

意識が航太の体に引き戻される。

その刹那、先ほど聞いた満の声が蘇る。

「愛とは受容だ。相手のすべてを許し、受け入れる。なんの見返りも求めずに、ひたすら相手の幸せを願う。それこそが本物の愛だ」

一人目の彼女

集中治療室で七日間を過ごして、水樹は一般病棟に移った。三日前に自然気胸の手術を受けた神奈俊樹《かんなとしき》という三十代の男性が相部屋だ。

水樹の担当医は、速水。速水の物腰はやさしく、どこか気品があった。その穏やかな佇まいとは裏腹に、彼のまなざしからは医療従事者としての使命感と誇りが見て取れた。

速水は朝夕欠かさず水樹もとを訪れ、体調に気を配り、他愛もない世間話をして病室を出ていく。病室を出るときに必ず神奈にも会釈をする。律儀な男だ。

光砂の恋人ということで最初は速水に重苦しい嫉妬心を抱いていた水樹だったが、彼の人柄を知るにつれ、そんな感情を抱くことがひどく低俗に思えてきた。

速水が嫌な奴ならよかった。と水樹は思う。同時にそんなことを考える自分に嫌気がさす。

そのたびに、水樹は満が言っていた言葉をつぶやく。「愛とは受容……」たとえ相手が自分以外の人を愛していたとしても、それを認め、受け入れ、見守る。それは、愛する人を自分のものにしようともがき苦しむことと比べて、なんと崇高で気高いものだろう。

しかし自分はまだまだその域には達していない。消しても消しても、またすぐに息を吹き返す醜い嫉妬心と日々戦っているのだ。

一般病棟に移って五日目の昼下がり。

「実は明日退院なんだ」

神奈が嬉しそうに笑った。

銀縁眼鏡の奥の目がやわらかな光を含んでいる。

「よかったですね。おめでとうございます」

神奈の報告に、水樹の気持ちもほころんだ。

ふいに、廊下のほうから子どもの声が聞こえてきた。その声は徐々に大きくなり、やがて病室のドアが勢いよく開いた。

「パパ！」

五歳くらいの少女が、ベッドに座る神奈の膝にしがみついた。

「思ったより早く退院できるのね」

少女に続いて、長身で華奢な女が病室に入ってきた。

ウエーブのかかった明るい色の髪を束ねたその人は、透《す》けるような白い肌をしている。神奈に向けられたまなざしは穏やかだったが、その瞳にはどこか官能的で冷ややかな光が宿っていた。

「早くなんかないさ。待ちに待った退院だよ」

神奈は少女の頭を撫でながら笑うと、水樹を振り返り、

「妻の玲子《れいこ》。そして、娘の春菜《はな》だよ」

誇らしそうに言った。

「主人がお世話にな……」

言いかけて、玲子は言葉を止めた。

彼女の目が不自然に見開かれるのを水樹は不審に思ったが、

「こちらこそお世話になっています」

平静を装って応じた。

玲子はぎこちない笑みを浮かべて、水樹から目を逸らした。

水樹は息苦しさを覚えて、まつ毛を伏せた。

神奈玲子……。確か航太がつき合っていた人妻の名前もレイコではなかったか。

水樹は目を開けて、さりげなく玲子を見た。彼女と目が合えば、自分の想像が単なる思いつきかそうでないかわかるはずだ。

水樹の視線を感じたのか、玲子の目がゆっくりと水樹に向けられた。

そのまなざしは、見知った者に向けられる特別な煌めきをたたえていた。

間違いない。

水樹は確信した。

「ママ、喉が渇いた」

春菜が言う。

色白の素肌にレモンイエローのワンピースが映える。

澄んだ大きな目は神奈に、薄くて形の整った唇は玲子によく似ている。

「それなら、パパと売店に行ってこよう」

神奈が春菜の手を取る。

「私が行くわ」

「いいよ。僕が行ってくる。いいリハビリになるさ」

神奈と春菜は手を繋いで病室を出ていった。

二人の足音が遠のくと、

「連絡が取れないと思ったら入院してたのね」

神奈のベッドサイドの椅子に座りながら、玲子が言った。

昼のグロスが艶《なま》めかしく光っている。

「……交通事故で怪我を」

「どこに？」

「右の肩と腕の骨折、それに肋骨も三本折れてます」

「どうしたの？　敬語なんか使って」

「すみません」

「また」

玲子が笑った。

「頭は打っていないんでしょう？」

水樹は返事をせずに、まつ毛を伏せた。

「早く治してね。治ったらまた会いましょう」

「どうして、あなたと会うのですか?」

「だって、私たちは恋人同士でしょう?」

「あなたには旦那さんがいるじゃないですか」

「『旦那がいてもいいから、俺の彼女になってよ』って言ったのはあなたでしょう?」

航太らしいな……。

水樹は目を閉じた。

でも、このまま玲子との関係を続けるわけにはいかない。これからの自分、そして神奈とその娘のためにも、関係を清算しなければなるまい。航太もそれを望んでいたはずだ。

水樹は深呼吸をして、目を開けた。

「実は、事故で頭を打っているんです。そのせいで過去の記憶がなくなっています。だからあなたのことを知りません」

冷静を装ってゆっくりと言った。

「そういうことなの。どうりでおかしいと思ったわ。あなた見かけは航太でも、中身はまったく別の人みたいだもの」

「ですから、怪我が治ってもあなたと会うことはできません」

「わかったわ」

玲子はこちらの気が抜けるほどあっさり承諾した。

「でも、もしも記憶が戻って、また私に会いたくなったらいつでも連絡してね」

水樹は返事をせずに窓の外に目を転じた。

七階の病室の窓から見えるのは、空の拡がり。

初冬の空は青く澄み渡り、降り注ぐ陽光がまぶしい。

日向《ひなた》の匂いが眠気を誘う。

水樹は隣にいる玲子に会釈をして、体を横たえた。そのまま目を閉じて、数秒後には静かな寝息を立て始めた。

眠りに落ちてまもなく、水樹は重力の束縛から解放された。仙堂航太の体に入って二度目の幽体離脱である。

過去生

どこかの屋敷の奥座敷だろうか。水樹は薄暗い座敷を見下ろしていた。

あたりに漂う濃密な夜気を際立たせるように、外から梟《ふくろう》の鳴く声が聞こえてくる。

隣の部屋から足音が近づき、襖が開いた。

僧侶らしき若い男と、彼より少しばかり歳を重ねているであろう女が入ってきた。女は着物姿で髪を結い上げている。

「これは今の時代じゃないな……」

水樹はつぶやいた。

「今夜は冷えるね」

僧侶が襖を閉める。

どこかで聞いたような声。

水樹は僧侶の顔をじっと見つめた。

陶器のようにすべらかな素肌に、切れ長の目。高い鼻梁。端正な面差しをしている。

「もう弥生も半ばだというのに、なかなか暖かくならないわね」

女が床の間に置かれていた洋灯《ランプ》に火をつけた。

「姉さん……？」

水樹は目を瞠った。

やわらかな灯りに照らし出された女の顔は、光砂によく似ている。

「なみさん、私は寺を出ます」

僧侶がなみの手を取った。

なみは首を振って、僧侶の顔を見つめた。

「はやまってはいけないわ。あなたはこれからも修行を積んで立派な僧侶にならなければ」

「修行を積んだその先に、なにがあると言うのです？　あなたのいない人生なら、生きていても意味がない」

水樹は彼の口から出た言葉を、自分の言葉のように感じた。

「苦しいのです。あなたと離れていると、身を切られるようで……」

「……私もよ」

「それならば、私と一緒にここを出ましょう。知らない場所で、ともに暮らすのです」

「それはできないわ」

「どうしてですか？」

「私には夫がいるもの」

「でも、『愛情はない』と言っていました」

「……言ったわ」

「それなら一緒にいる意味などありません。今夜だって、あの人は他の女性のところに行っているのでしょう？」

なみは畳に視線を落として黙り込んだ。

梟の鳴く声が静寂を煽《あお》る。

「……私への愛情は？」

僧侶が訊く。

「……ないわ」

「それは嘘だ」

僧侶がなみの手を離した。

「嘘ではないわ」

なみが首を振る。

「それなら、どうして私と？」

「あなたがあまりに哀れだったから」

「私が哀れ？」

「初めて逢った日のことを覚えている？　去年の夏の初め、私がご住職にお届けものがあってお寺を訪ねたときのことよ」

なみが僧侶の顔を真っ直ぐに見た。

「なみさんはあの日、藤色の着物を着て、白い日傘をさしていましたね。とても、きれいでした」

「そう。あの日、あなたは箒で境内を掃いていた。その姿があまりにも淋しげで、とても哀れに見えたのよ」

「だから、声を？」

「かけたわ」

「『今夜お寺の門の外で待っている』と……」

なみがうなずく。

「そして、その夜、私はそこへ行った」

「どうして来たの？」

「あなたが哀れだったからです」

「……私が哀れ？」

「初めて逢ったとき、なんて心が渇いた人だろうと思った。淋しさが瞳からあふれていた」

僧侶の手がなみの頬に触れる。

「あの日のあなたは、男に愛されていない女の目をしていました」

なみは僧侶の目を黙って見つめた。

「でも今は違う。あなたの目は、私の愛を充分にたたえて潤っている」

「だからといって、あなたと生きることはできないの」

「なぜですか？」

「あなたの人生を狂わせることになるからよ」

「私の人生は、狂ったりなどしません」

「あなたは仏様に魂を預けた身よ。私なんかといたら、魂が穢れるわ」

「ご自分を卑下なさるのはおやめください。御仏は許してくださっている。あなたと出逢えたのは、御仏の導きであり、ご加護があってのこと。そうでなければ、私たちは、互いに知らない者同士として一生を終えたでしょう」

「……ごめんなさい。あの日私が声をかけなければ、こんなことには……」

「すべて必然です」

僧侶は静かに言った。

「人生とは不思議なものです。いつ、なにがきっかけで、新しい世界が開かれるかわからない。そこには常に目に見えない力の導きがあり、確固たる必然が横たわっているのです」

なみの目が潤む。

「私との出逢いは、あなたにとって新しい世界が開かれたことにはならない。むしろ、前途洋々たる未来を暗い影で覆ってしまったのよ」

なみは細い指で涙をぬぐった。

僧侶は視線を畳に落として言葉を続けた。

「私はあなたと出逢えて幸せでした。あなたは私に歓びと悲しみを、それだけではなく、すべての感情を教えてくれました。自分の中にある身勝手な自我にも気づかせてくれた。それらの感情は、どんなに厳しい修行を積んでも決して得ることはできないでしょう。あなたと出逢い、あなたを心から愛したからこそ、私は自分がこの世に生まれてきた本当の意味を知ることができたのです」

なみの目からはらはらと涙がこぼれ落ちる。

梟の声が高く低く、夜の闇を滑り抜けて部屋へと流れ込む。

水樹は部屋を満たす重苦しい空気に息苦しさを覚えた。

「……身勝手なことを言って、困らせてすみませんでした」

ずいぶん長い沈黙のあと、僧侶が静かに口を開いた。

重苦しく停滞していた空気が揺らぐ。

「帰ります。そして、もう二度とここには来ません」

なみは涙をぬぐい、ゆっくりと顔を上げて僧侶に目を向けた。

最初はなみに駆け落ちを持ちかけていたはずの僧侶が、一転して別れを告げていることに水樹は違和感を覚えた。

けれど、水樹には僧侶の気持ちがわかる気がした。

彼はきっと最初から別れを決めていたのだろう。それをどう伝えるか思い悩んだ末、もっともなみが傷つかない方法を選んだのではないか。彼女の口から「あなたと生きることはできない」と言わせる方法を……。

僧侶はなみをそっと抱き寄せた。

なみは僧侶の胸に頬を当てて目を閉じた。

二人の間に言葉はない。

水樹は言葉もなく抱きしめ合う二人の姿を切なく見つめた。

なみが告げた「あなたと生きることはできないの」という言葉。

僧侶が告げた「もう二度とここには来ません」という言葉。

双方の言葉の裏には、相手に対する狂おしいほどの愛情が燃えさかっているのではないのか。

だからこそ彼らは、愛する人を不実の関係から解き放つ道を選んだのだろう。

「受容」が愛なら、「拒絶」もまた、愛なのかもしれない。

相手を拒絶することがときには、相手の思いを受け止めること以上に、より深い愛の形となることがあるのではないか……。

そんな思いが胸裏を満たしたとき、どこかで時計の鐘の音が響いた。

鐘は九つ鳴って止まった。

「あの音は……」

自宅にある振り子時計の音とよく似ている。

とたんに彼は開放感のある居間に飛んだ。

そこには本堂にあるのとまったく同じ振り子時計があった。

「あの僧侶の魂が、いずれここに宿るのか……」

その刹那、水樹の全身に閃光が走った。

水樹は悟った。

「あの僧侶は俺だ。森本水樹として生まれてくる前の。そして、あの人は姉さん」

頭の芯が激しく揺らいだ。

二人目の彼女

神奈が退院してから三日後の午後、水島桃が病室を訪れた。

「これ、いつも読んでる雑誌」

こわばった表情でメンズファッション雑誌をさし出す。

「ありがとう」

水樹はベッドから起き上がって、それを受け取った。

「……体、大丈夫？」

「少し楽になったよ」

「よかった」

桃の頬が緩む。

「この間は、ごめんね……」

「なにが？」

「家に怒鳴りこんだりして」

「ああ……」

そういえば航太がそんなことを言っていたな。

「こんなことになっちゃったのは、私のせいよね」

桃の手がギプスをしている右腕に触れた。

「誰のせいでもないよ。俺の不注意だ」

「ごめんなさい」

桃はもう一度言ってうつむいた。

彼女は水樹と航太が所属しているテニスサークルのメンバーだ。

サークル内では、物怖じしない気の強い子として周囲に一目置かれているが、好きな男の前ではこうも態度が違うのかと水樹は驚いた。

「航ちゃんが他の人とつき合っているって友達から聞いたら、いても立ってもいられなくなっちゃったの」

「いいよ。悪いのは俺のほうだから」

「私、待ってるね」

「待つ？」

「航ちゃんがその人と別れて、私だけを見てくれる日を」

桃が目を潤ませる。

「……その人とは別れたよ」

「本当？」

「本当だよ」

「嬉しい！」

「……待って」

水樹は桃の目をのぞき込んだ。

「よく聞いてくれ」

「聞くって、なにを？」

「俺には、思っている人がいるんだ」

「どういうこと？」

「……好きな人がいるんだ」

「私の他に？」

桃の瞳が曇る。

「他にっていうか、初めからその人だけを思ってる。だから、桃ちゃんとはもう……」

水樹は自分の声がかすかに震えているのを自覚した。

「そんな他人行儀な呼び方しないで！　いつもは『桃』って呼んでくれてたのに」

「ごめん……」

桃は目を伏せて黙り込んだ。

病室の空気が淀む。

「……返して」

短い沈黙のあと、桃がしぼり出すような声で言った。

「……返すって？」

「私の心を返してよ。航ちゃんのことをなんとも思っていなかった頃の私の心を返してよ」

水樹は言葉につまって、窓の外に視線を投げた。

もしも別れを告げているのが光砂で、告げられているのが自分だとしたら。そう思うだけで地の底に落ちていくような寒々しい絶望感を覚えた。

きっと今、桃も同じような気持ちでいるに違いない。

水樹はどんな言葉をかけたらいいのかわからず途方に暮れた。

航太、どうしたらいいんだ……。

心の中で呼びかけてみるが、応えてはくれない。

「……私、死ぬわ」

桃が別人のように低い声で言った。

水樹は視線を桃に移した。

「自殺する」

怒りをにじませた目で水樹を睨む。

「……そんなこと言わないでくれ」

水樹は真っ直ぐな桃のまなざしに耐えかねて目を閉じた。

ふいに、病室をノックする音が響く。

「航ちゃん、調子はどう?」

仕事帰りらしく、生成《きな》りのワンピース姿の光砂が颯爽《さっそう》と現れた。

一瞬にして重く淀んだ空気が洗い流される。

けれど、勘のいい光砂は病室に漂うただならぬ気配を察して、

「ごめん、出直すわね」

と、肩をすくめた。

「待ってください」

出ていこうとする光砂を桃が引き止める。

「あなたは誰ですか？　航ちゃんとどんな関係なの？」

「私はこの病院の看護師よ。航ちゃんとはただの知り合い」

「航ちゃんなんて呼ぶなんて、いったいどんな知り合いなんですか？」

「私の弟と航ちゃんが幼馴染なの。家も隣同士よ」

「弟？」

「水樹、森本水樹よ」

「水樹先輩のお姉さんですか？」

「そうよ」

桃はホッとしたように体の力を抜いて、

「水樹先輩が亡くなってしまって、悲しいですね」

取り繕うように言った。

「……ええ」

光砂の華やいだ顔に影がさす。

その表情を水樹は複雑な気持ちで見つめた。

悲しまないで。俺はここにいるよ。

心の中でつぶやいてみるが、光砂には届かない。

「もう行くわね」

帰りかける光砂を桃がまた引き止める。

「聞いてください」

「どうしたの？」

「航ちゃんたら、ひどいんですよ」

桃は自分が座っていた椅子を光砂にすすめた。

桃がなにを言い出すか察しがつく。

水樹は小さな溜息をついて、窓の外に目をやった。

薄暮の空を一羽の白鷺が飛んでいく。

「ひどいって？」

「私、航ちゃんの彼女なんですけど、今さら他に好きな人がいるなんて言うんですよ」

「それはショックね」

「ですよね！」

「でも、ないことではないわ」

「え？」

「おつき合いしている人がいても、他の誰かを好きになってしまうことってあるわ。決して悪気があるわけじゃなくても」

「それはそうですけど。だったら最初から告白しないで欲しかったわ」

「どういうことなの？」

「航ちゃん、初めからその人だけを思っていたって言うんですよ」

「それなのに、あなたと交際を？」

「ひどいですよね」

しおらしく眉をひそめる。

「それはひどいわね」

光砂が同調するのを、水樹はいたたまれない気持ちで聞いていた。

「こんなひどい人、あなたにはふさわしくないわよ。別れたほうがいいわ」

光砂の思いがけない言葉に、水樹は息を止めた。

「そんな簡単に言わないでくださいよ」

桃が声を荒らげる。

「他の誰かを思っている人のそばにいても辛いだけよ」

「あなたは航ちゃんの味方なのね」

「そういう問題じゃなくて一般論を言っているのよ」

「一般論だなんて、そんなきれいごとを言わないでください」

桃はさらに語気を強めた。

「もうやめてくれよ」

水樹は桃に向かって声をかけた。

「私、あきらめませんから。……だって、妊娠してるんだもの」

「妊娠？」

水樹と光砂の声が重なった。

「そうよ」

桃が唇をかみしめる。

「そうなると話がややこしくなるわね」

「……病院で確かめたのか？」

「もちろんよ」

桃の毅然とした態度に、病室の空気が張りつめる。

「責任は取ってもらいますから」

桃は吐き捨てるように言って、病室を出ていった。

水樹は両手で顔を覆って、ゆっくりと息を吐いた。

動悸がして、胸が痛い。

「気にすることないわよ」

光砂の手が背中に触れる。

「気にしないわけにはいかないよ」

「大丈夫。あれはおそらく、とっさに口から出たでまかせだわ。……でも、あの子にあそこまで言わせたってことは、航ちゃんにも責任があるわよ」

「わかってる」

水樹は痛む胸にそっと手をあてた。

光砂は水樹の背中から手を離し、窓の外に視線を放った。

「この星には膨大な数の男と女がいるわよね」

独り言のようにつぶやく。

「……そうだね」

光砂の声は涼やかで耳にやさしい。聞いているだけで、心地よいやすらぎに包まれる。

「その中で数えきれないほどの出逢いがあって、たくさんの恋が生まれ、愛が育つ」

聞きながら、水樹は目を閉じた。

そうしたほうが光砂の声がよりいっそう、自分の中に深く沁み渡るような気がする。

「街に出ると、たくさんの恋人たちが幸せそうに歩いている。あるとき、ふと思ったの。成就する恋としない恋、どっちが多いのかって……。誰かを好きになったとき、それを相手に伝えられる人と伝えられない人のどちらが多いのだろうって」

水樹は目を閉じたまま光砂の言葉の意味を考えた。少なくとも、自分は後者であることは間違いない。

でも、それは、思い人が姉だからなのだろうか。もしも、光砂と姉弟ではない状況で出逢っていたとしたら、自分は思いを伝えられるのだろうか。

「芽生えたまま伝えられなかった思いは、どこに行くのかしらね」

「たぶん、その人の心の中で熟成されて、美しくてやさしい花を咲かせるんだ。そして、生涯その人の心を灯し続ける」

「水樹みたいなことを言うのね」

光砂の口から思いがけず自分の名前が出たことに動揺して、水樹は目を開けた。

「……水樹がそんなことを言ってたの？」

「そういうわけではないけど」

光砂が口ごもった。

「訊いてもいい？」

「どんなこと？」

「光砂は思いを伝えられる人？　それとも……」

「時と場合によるけど、たぶん、伝えられないほうだわ」

光砂は空を見上げて、目を細めた。

「もしも思いを伝えてはいけない人を好きになってしまったとしたら、生涯その思いを伝えることはないと思う。たとえその思いがどんなに深くても」

水樹も空を見上げた。

冬の日は短い。さきほどまで黄昏色だった空は今、淡いすみれ色に染まっている。

「思いを伝えることが愛の形なら、伝えないこともまた、愛の形よね」
光砂の言葉が胸を震わせる。
好きだ、誰よりも。
ずっとそばにいたい。
言葉にできたらどんなに楽だろう。
水樹は光砂に気づかれぬように、にじむ涙をそっとぬぐった。

天空散歩

その夜、水樹は体を離れた。

意図したわけではない。先日同様、気づいたら病室の天井付近に浮かんでいた。

光砂のところへ。

思うだけで、夜景を見渡せるレストランに飛んだ。

光砂と速水が窓際のテーブル席で向かい合って座っている。

テーブルの上にはシーザーサラダとパスタ。そして、赤ワイン。

速水はのびやかな表情でパスタを口に運び、光砂は窓の外を眺めている。

「食欲がないの？」

速水が訊く。

「そんなことないわ」

光砂はシーザーサラダにフォークを刺した。

「無理しなくていい。光砂はいつも、どこか無理をしているように見える」

「……そうかもしれないわね」

光砂はうつむいたまま言った。

「でも、それも今日でおしまいにするつもり」

「それがいいよ。無理は体と心にとって毒になるからね」

「……今夜はさよならを言いにきたの」

光砂が速水に目を向けた。

「……さよならって？」

速水はフォークを置いて、姿勢を正した。

「二人きりで会うのは、今夜で終わりにしたいの」

速水は光砂の言葉に驚く様子もなく、

「夕べ、夢を見たんだ」

ワイングラスを手に取って静かに言った。

「夢を？」

「光砂の夢」

「私の？」

「光砂が泣いていた」

速水はワインを口に含み、目を細めた。

「晴れ渡る空の下、僕たちは見知らぬ公園にいた。噴水が天に光の粒を放っていた。その美しさを見て、僕はなぜか悲しくなった。ふと隣を見ると、光砂が空を見上げて大粒の涙を流していたんだ」

速水のまなざしが、光砂を包む。

「涙を流しながら『水樹』と呼びかけていたよ」

水樹は息を殺して、速水の次の言葉を待った。

「水樹くんを失った悲しみは、僕が時間をかけて埋める。光砂がしばらく一人になりたいと言うなら、いつまでも待つよ」

速水の声はどこまでも穏やかだ。

そこからは、光砂への揺るぎない愛情が見て取れた。

速水は大人だ。

自分なんかよりもずっと。

光砂に対する愛情では負けてはいない。

でも、俺に彼ほどの包容力があるだろうか……。

水樹の心が軋む。

「……ごめんなさい。もう、無理なの……」

「僕に待たれるのは、辛い？」

「……ごめんなさい」

光砂の頬を涙が伝う。

「……わかったよ。……僕こそ、ごめん」

水樹はこの場所にいることに胸苦しさを覚えて、窓の外に目をやった。

窓から見渡せる街は、色とりどりの灯りで埋めつくされている。

きれいだ。

そう思った瞬間、窓を通り抜けた。

空中に浮かんだ状態で意のままに上昇していく。地上の灯りが細やかなビーズのようになる頃、

「よう、水樹」

満に声をかけられた。

「どうしてここに？」

「気晴らしさ。高みに昇って地上を眺めると気が晴れる」

満は顎鬚に触って、笑顔を見せた。

「きれいだね。まるで光の海だ」

水樹は下界の光を見下ろして目を細めた。

「お前は光を見るのか？」

満が訊く。

「光しか見えないだろう？」

「俺は闇を見る。光の輪郭を縁取る闇こそ美しいと思うぞ」

「闇が美しい？　ただ暗いだけの闇が？」

水樹は満の横顔に訊ねた。

「では、俺も訊く。光が美しいと思うのはなぜだ？　ただ明るいだけの光が」

「明るいから美しいんだよ。美しいから、いつまでも見ていたいと思う。建物や家々から漏れてくる灯りは、

人々の幸せの象徴のような気がする」

「それも一理あるな。それでは、あそこの光を見てみろ」

満は小さな光の粒たちの中で、ひときわ目を引く建物を指さした。

「あれは、このあたりで一番高度な医療技術を誇るがん専門の病院だ。窓から漏れてくるあの光の中で、何人もの人々が死の恐怖や病苦と闘っている」

水樹は満が指し示した建物を無言で見下ろした。

「あそこだけではない。ここに散らばる灯りの一つひとつに人間の生《せい》の営みがある。涙と笑顔、悲しみと歓び……。幸不幸のすべてを包括した、人間が織りなすさまざまな生の営みをはらんでいるんだ。今、お前が見下ろしているのは人々の命が描く光の曼荼羅《まんだら》さ」

水樹は神妙な面持ちで、眼下に拡がる灯りを見下ろした。

かすかに瞬く一つひとつの光が、確かな感情を持って呼吸しているように見えるのは、満の言葉を聞いたあとだからだろうか。

「闇は確かに暗い。人は暗いものを本能的に怖れ、忌《い》み嫌う。けれど、本当の癒しは闇の中にこそある」

満は水樹に目を向けた。

「闇の中に、本当の癒しが？」

「だからこそ、人はあたりが闇に包まれる夜に眠って魂を休めるんだ。人は眠っているときだけ、日常のしがらみから解き放たれて自由になれる」

「人はどうして闇によって癒されるんだろう……」

「誰もが心に闇を抱いているからさ」

満の言葉に、水樹の心がわずかに震えた。

「幼い子どもも？」

「生まれたての赤ん坊もだ」

「赤ん坊も？」

「そうだ。ただし、本人にその自覚はないがな」

「信じられないな……」

「信じられなくとも事実さ」

「大人になっても、とても闇など抱いていなそうな人もいるけどね」

水樹の脳裏に茂の顔が浮かぶ。

「そう見えるのは、お前の人を見る目が浅はかだからさ。人は闇を抱いて初めてここに来ることを許される。だから、闇を持たぬ人間など一人も存在しない。ただし、闇の濃さは人によって違う」

水樹は眼下の闇に視線を泳がせた。

地上に溜まる闇にも濃淡がある。

「この世に闇があって初めて光はその存在価値を与えられる。光しかなかったら、それは光とは言わない」

「なんて言うの？」

「空《くう》だ」

満の唇に笑みが浮かぶ。

「生まれるときに持ってきた闇は一生なくならないのかな」

「そんなことはない。闇を光に変えることだってできる。だが、やがて新たな闇が生まれる」

「そんなことを聞くと、生きるのが嫌になるよ」

「だろうな」

満は水樹の弱音を軽く受け流した。

「もっと昇ろう。この地球を眺めるぞ」

数秒後、水樹は満とともに地球を眼下に眺めていた。

漆黒の闇に浮かぶ瑠璃色の地球は、息を飲む神々しさだ。

「どうだ？」

「きれいだ。こんなに美しいもの、今まで見たことがない」

「外見を見て、ただきれいと言っているようじゃあ進歩がないぞ」

満が笑う。

「わかってるよ」

水樹は地球を見つめたままうなずいた。

「この蒼く美しい星には数十億の人間が暮らし、生を営んでいる。その中には、愛をもって互いを支え合い、助け合う人々がいる。一方で、憎悪をもって互いに騙し合い、命を奪い合う者も数多《あまた》存在する。そんな生臭いものを嫌というほど抱えこんでなお、この星はこんなにも美しい。なぜだと思う？」

「難しすぎて俺にはわからないよ」

「それは、地球が愛そのものだからさ。我々人間の営み、たとえそれがどんなに卑しく、醜いものだったとしても、そのすべてを許し、受け止め、包み込む。そこにあるのは、純粋で絶対的な愛なんだ。この世をかくあらしめたおおいなる存在は、この星の完璧なまでの美しさをとおして、我々人間に愛というものの概念を伝えようとしたのさ」

「じいちゃんの話を聞いていると、地球にも感情があるみたいだな」

「もちろんさ。地球にも魂があり、感情がある」

「今まで、そんなふうに考えたことはなかったよ」

水樹は地球に視線を据えたまま、黙り込んだ。

「でも、こうしてじっと見つめていると、地球が確固たる意思を持つ一つの生命体に見えてくるから不思議だな。その息遣いさえ聞こえてきそうだ」

「小説家は言うことが違うな」

「俺はただ思ったことを口にしただけだよ」

「ところで」

満が水樹に目を向ける。

「地球は宇宙に存在する奇跡の星と言われている。その理由はなんだ?」

「地球に生命が存在するから?」

「そうだ。奇跡の星で繰り広げられるさらなる奇跡は、存在する生命同士が出逢うことだ。ただ出逢うだけでなく、出逢って惹かれ合い、愛を育み、やがて新たな命を生む。それこそが稀有の奇跡であると気づいている者がどれだけいるだろう」

「だとしたら、地球には奇跡があふれている」

「そのとおりだ。この星には、たくさんの奇跡があふれている。だからこそ膨大な負の要素をはらんでなお、あんなにも美しく輝いているのさ」

満は右手の人差し指と親指の先をつけて円を作り、水樹に示した。

「なんだと思う?」

「お金?」

「なんと下世話な」

満が失笑する。

「これを仏教では一円相《いちえんそう》という」

「どんな意味があるの?」

「始まりも終わりもなく、永遠に循環し続ける円であり、完全円満を表す。ここに存《あ》るすべてのものは、おおいなる循環の流れの中に取り込まれているのさ」

「人の魂も?」

「もちろんだ。生まれ変わりを意味する輪廻転生という言葉の中にも輪があるだろう」

水樹は満と同じように、指先で円を作ってそこから地球をのぞいてみた。

「円という形には完璧な美が宿る。ミクロの細胞の核も宇宙に浮かぶ星も丸い。今なお膨張し続けてるという広大な宇宙そのものでさえ円形を成しているという」

「水面に小石を投げたときに拡がる波紋も円だね。人の瞳の形も」

水樹は地球に向けていた視線を頭上に放った。そこには深い闇がはてしなく拡がっている。

「やっぱり、俺は闇を好きになれないな」

「怖いか？」

「怖い。でも、見ずにはいられない……」

「それでいい」

満がうなずく。

「ありのままの自分を認め、思いのまま正直に生きることだ。ただし、節度をもってな」

満が笑った。

「そうするよ」

水樹も笑みを返す。

「ところが、それがなかなか難しい」

「そうだね」

「俺はもう帰るが、お前は？」

「一緒に行くよ。少し気になることもあるし」

「じゃあ家に戻るか」

「行こう」

瞬くまに心地よい浮遊感に包まれ、水樹は本堂の振り子時計の前にいた。

いつものように左右に揺れる円を目で追っていると、満が本堂に入ってきた。

「体に戻ったんだね」

「おう」

満は水樹の隣で振り子時計に目をやった。

「気になることとはなんだ？」

言いながら、時計の脇に置かれている燭台に手を伸ばす。

「この間、体を離れたときに別の時代に行ったんだ」

「ほう」

「そこで若い僧侶と、なみという人が別れ話をしていた」

満はうなずいて燭台の蝋燭に火を灯した。

「あの僧侶は俺だと思うんだ。そしてなみさんは姉さん。そう直感した」

「そのとおりだ」

満はあっさりと肯定した。

「……やっぱり」

水樹は振り子時計に目をやった。

「なみさんの家の居間にこれと同じ振り子時計があった。まだ、ずっと新しくてきれいだったけど、確かにこの時計だった」

満が黙って首肯する。

「いつか言ってただろう？　『この時計には自害した若い僧侶の御霊が宿ってる』って」

「言ったな」

「だとしたら、矛盾があると思うんだ」

「この大時計に僧侶の御霊が宿っているとしたら、今ここにいる自分はなんなのだということか？」

「そう」

「正確に言えば、この大時計に宿っているのは、僧侶の御霊ではなくて想念だ」

「想念？」

「つまり思いだな。彼は死してなお、なみのことが忘れられず、彼女の家にあったこの振り子時計に宿った。けれど、彼女が天寿をまっとうして天に召されるとき、彼もともに昇天している。ただ、なみを激しく愛したその思いだけがこの時計に残ったのさ」

「ということは、この大時計に僧侶の御霊は？」

「宿ってはいない」

「でも、声を聞いたんだ」

「声？」

「小説を書いていたとき、それから、この場所で。あと、航太の体に入るときにも。同じ声が聞こえてきた」

「それが、僧侶の声だと思ったのか？」

水樹はうなずいた。

「ある意味、当たってる」

「どういうこと?」

「いずれわかる」

満はゆっくりと立ち上がって、

「機が熟せば、すべてのからくりが明らかになるさ」

水樹にそう告げると、

「俺はもうひと眠りするよ」

あくびをしながら本堂から出ていった。

やさしい嘘

十二月下旬にさしかかった金曜日の午後、水島桃が病室を訪れた。

水樹は読みかけのミステリーを閉じて、

「体調はどう?」

桃の腹部のあたりを見ながら訊いた。

「体調って、私の?」

「……この間、妊娠してるって言ってただろう?」

「ああ……。心配してくれてるの?」

「……まあ」

水樹は口ごもった。

桃は笑って、

「あんなの嘘に決まってるでしょう」

と言った。

「……嘘?」

「って言うのは嘘」

桃がベッドサイドの椅子に腰を下ろす。

「どっちが本当なの？」

「さっき、この病院の産婦人科に寄ってきたの。順調だって」

水樹は急に頭の血流が止まった気がして、目を閉じた。

「蒼白よ。おめでたいことなのに」

桃が屈託なく笑う。

「ごめん。我ながら心が狭くて嫌になる」

水樹はうつむいて言った。

「ねえ、なにか訊きたいことはない？」

「なにかって？」

「一番肝心なことよ」

水樹は答えあぐねて沈黙した。

「鈍いわね。あなた本当に航ちゃん？　前とは別人みたい。そんな航ちゃん、ちっとも魅力ないわ」

「……そう言われても」

「そういうところもよ」

「私、妊娠してるのよ」

桃の頬が緩む。

「わかってるよ」

「誰の子だと思う？」

「え？」

「誰がこの子のパパでしょう？」

桃が腹部に触れる。

「……俺、でしょう？」

水樹は息を殺して、桃の目を見た。

「違うわ」

「また『って言うのは嘘』って言うんじゃ……」

「今度は本当よ」

「……本当に？」

水樹は半信半疑のまま、桃の次の言葉を待った。

「航ちゃんの子のわけないでしょう。自分であれほど神経質に避妊してたくせに、わからなかったの？」

「……わからなかったよ」

水樹は体の緊張を解いて桃に訊いた。

「……誰の子なの？」

「水樹先輩」

桃がさらりと言う。

「……水樹先輩って？」

「森本水樹先輩よ」

「水樹のわけがないだろう！」

身に覚えのないことを言われ、思わず声を荒らげた。

「どうしてわかるの？」

「あいつは親友だから、なんだってわかるさ」

心臓が激しく波打つ。

体が熱い。

「どんな気持ち？」

桃が落ち着き払った態度で訊く。

「親友と私が寝たって知って、どんな気持ち？　妬《や》ける？」

「ありえないよ……」

「妬いてる。かわいい、航ちゃん」

桃は航太の耳もとに唇を寄せて、ささやいた。

「水樹先輩、奥手そうに見えるけど、実際はすごく積極的に口説いてきたんだから」

「いい加減にしてくれ！　それは、嘘だ」

「嘘じゃないわよ。そんなに疑うなら、水樹先輩に訊いてみれば？」

桃がすました顔で言う。

「訊けるわけがないだろう。水樹はもう……」

「水樹先輩はもういないものね。残念ね」

桃が笑みを浮かべた。

「君って子は……」

水樹は力なく桃を見た。

「嬉しい！」

桃が華やいだ声を上げる。

「嬉しい？」

「航ちゃんがこんなにも私のこと好きだってわかったから」

罪のかけらもない笑顔を見せる。

「水樹先輩のことは全部嘘よ。航ちゃんがどんな反応するか見たかっただけ」

「……俺を試したの？」

「うん。試したの」

悪びれず言う。

その表情があまりに無邪気で、水樹は桃を責める気持ちが萎えた。

「それじゃあ子どもは誰の？」

「それも嘘よ。妊娠なんてしてない」

「本当に？」

「本当よ」

「……よかった」

水樹の乾いた唇から、本音がこぼれ落ちた。

「ごめんね」

屈託なく笑う桃に、

「……もういいよ」

水樹は力なく言った。

「そういう意味の『ごめんね』じゃないの」

「どういう意味なの？」

「航ちゃんの気持ちに応えてあげられなくて悪いなって意味よ」

「俺の気持ちに？」

「だって航ちゃん、私のこと大好きでしょ？　水樹先輩の話をしたら、あんなに動揺しちゃって」

「君の性格がうらやましいよ」

水樹は苦笑した。

「ありがと」

桃は水樹に向かって、Vサインをしてみせた。

「私ね、他に好きな人ができちゃったの。法学部三年の伊東仁《いとうじん》くん。先週、向こうから告白されたの。『ずっと前から好きだった』って」

「……そうなんだ」

「だから、もう航ちゃんとはおしまい。もうここには来ないと思うけど、早く元気になってね」

桃は屈託のないほほえみを浮かべて
「握手！」

右手をさし出した。

水樹はその手を、そっと握った。

あたたかくて小さな手。

白くてやわらかい手だ。

「……本当はずっと航ちゃんと一緒にいたかったよ」

ぽつりと言って、桃は病室を出ていった。

水樹は体の力を抜いて、ベッドサイドテーブルに置かれたミステリーを手に取った。

再び活字を追い始める。

アガサクリスティの「そして誰もいなくなった」。

それは五日前に、サークルの後輩である伊東仁が届けてくれたものだった。

あの日、彼は高校時代から交際しているという彼女と一緒だった。彼らが病室にいたのはほんの数十分の間だったが、交わす言葉や仕草から、双方が互いに思い合っているということが充分に伝わってきた。ことに仁が彼女を見るまなざしは、こちらが照れくさくなるほどの情愛にあふれていた。そこに第三者が入り込める余地があるようには、とうてい思えなかった。

「桃ちゃん、ありがとう」

水樹は閉じられたドアに向かってつぶやいた。

陽光

二月に入って二回目の土曜日、水樹は退院することになった。

午後一時過ぎに航太の父親の聡《さとし》と母親の淑子《よしこ》が揃って迎えに来た。

「長い入院生活も今日で終わりだな」

「退院したからといって、すぐに調子に乗ったらだめよ」

二人とも晴れ晴れとした表情をしている。

幼馴染の両親ということもあり、物心ついた頃から面識のある人たちだ。なんの気兼ねもない。

とはいえ、やはり実の両親が恋しい。

聡が運転する車に乗り込み、窓の外を流れていく景色を眺めていると、とりとめのない思いが浮かんでくる。

「そうか……」

水樹は小声でつぶやいた。

運転中の聡も助手席の淑子も趣味のゴルフの話をしていて、水樹の声には気づかない。

光砂と結婚して婿養子になれば、またもとどおりの暮らしができるんだ。

考えただけで、口もとがほころんだ。

けれども、それは彼女と相愛になり、順調に関係を育んだ先の成就である。たとえ双方の気持ちが一つになったとしても、はたして互いの両親がそれを許すだろうか。航太は男三人兄弟の長男だし、父親の茂は航太に対しての評価がかなり低い。それに、長男の自分が亡くなっても優と駿がいるではないか。跡取りがいるのに婿養子に入るのもおかしな話だ。そう考えると、道のりははてしなく遠い。

ほころんだ口もとが引き締まる。

水樹は軽く頭を振って、車窓を流れていく景色をぼんやりと見つめた。

先のことはわからない。

だからこそ、流れに任せていればいい。

焦ることなく、ゆったりと。

心静かに、天の采配を待つ。

それでいい……。

心地よい振動に身を任せていると、眠気がさしてくる。

水樹はそっと目を閉じて、まどろみの淵に落ちていった。


退院した翌日に水樹は自分が生まれ育った家を訪れた。

「こんにちは」

玄関からではなく縁側から声をかけると、

「はい、はい」

茂が奥からのっそりと姿を見せた。

ほんの数ヵ月会わないうちに痩せて白髪が増えていたが、穏やかな物腰は変わらない。

水樹は茂の顔を見ただけで、目頭が熱くなった。

「おう、航太くんじゃないか。体はもういいのかい？」

昼寝でもしていたらしく、寝癖を直しながら言う。

「おかげさまで、すっかりよくなりました」

「それはよかった。まあ、お上がんなさい」

「おじゃまします」

水樹はていねいに靴を揃えて縁側に上がった。

「よかったら、水樹に線香を手向《たむ》けてやってくれるかい？」

「もちろんです。そのつもりで来ました」

航太の両親からもそう言われている。

「ありがとう。航太くんが来てくれて、水樹もきっと嬉しく思ってるだろう」

茂が水樹を仏間に通す。

家の北側にある仏間は、日中でもほの暗い。

けれど、どこか凛とした清浄な空気がたゆたう。

「穏やかないい表情をしているだろう」

茂が遺影を見て言った。

「大学の入学式の日の写真だよ。式に出かける前、家の庭で光砂が撮ったんだ」

水樹はその日のことをよく覚えていた。

陽だまりの庭で嬉しそうにシャッターを切る光砂の顔が目に浮かぶ。

入院中、光砂はほぼ毎日病室に顔を出した。

そして、他愛ない話をして帰っていった。

二人の関係に進展らしきものはなにもなかったが、不思議と焦りは感じなかった。

光砂のそばにいられる。ただそれだけで心が満たされた。

茂が燐寸《マッチ》を擦って仏壇の蝋燭に火をつける。

「水樹がもうどこにもいないなんて、今でも信じられないよ。なんだかすぐそばにいるような気がしてね」

俺ならここにいる。

茂の横顔に呼びかけるが、茂は水樹の遺影を見つめていて気づきはしない。

水樹は線香を火にくぐらせて、自分の遺影に手を合わせた。

そのとき、遺影の脇にある水色の封筒が目に入った。

宛名には森本水樹様と記されている。

「これは？」

「水樹が亡くなる前に執筆していた小説が入賞してね」

「入賞？　小説をどこかに送ったんですか？」

「本人が送ったわけじゃなく、光砂がね」

「……彼女は、小説を読んだんですか？」

「光砂だけじゃなく、家族全員で回し読みしたよ」

茂の言葉を聞くなり羞恥心が湧き、頬が上気した。

「姉弟の恋愛を描いた物語でね、許されざる恋の悲しみや苦しさが痛いほど伝わってきたよ。最後はタイトルにもなっている銀色のナイフで心中をしようとするんだが、二人とも怖くなってしまって未遂に終わるんだ。そのあと、二人はどうしたと思うかね？」

執筆者である水樹はその答えを知っていたが、

「どうしたんですか？」

そ知らぬ振りで首をかしげた。

「これ以上言うとネタバレになるから内緒だよ」

「それは残念です」

「たいして残念と思ってないだろう？」

「お見通しですか……」

「長いつき合いだからね」

茂がやわらかな笑顔を見せる。

「お茶でも飲んで、ゆっくりしていきなさい」

茂は水樹を居間に通して、庭を正面に見渡せる場所に座布団を置いた。そこは、水樹がいつも座っていた場所だった。ときには姉や弟たちと、あるいは一人で、彼は幼い頃からその場所に座り、卓袱台《ちゃぶだい》で絵を描いたり、パズルやゲーム、宿題などをして過ごしたものだ。

遊びや勉強に飽きると、縁側の向こうに開かれている景色を眺めた。

春には桜の花びらが舞い、夏には欅《けやき》が茂り、秋には銀杏《いちょう》や椛《もみじ》が色づき、冬には山茶花《さざんか》がひっそりと咲く。季節の移り変わりというものを水樹はここから見渡せる景色から学んだ。

茂が台所でお茶の用意をしている音に混じって、庭を通る風の音が聞こえる。寺の裏の杉林のざわめき、その奥を流れる渓流の水音、どこかの家で鳴く犬の声、山道を行く自動車の排気音……。子どもの頃から聞き慣れた音たちが、水樹を包み込む。まるで母の胎内で心音を聴いているかのような、心地よいやすらぎが降りてくる。

満ち足りたやすらぎの中で、自身が執筆した物語のラストシーンを思い返した。

物語の中の二人は、心中をしようとしていた森の中の小屋で、全身全霊を込めて最初で最後の抱擁を交わす。小屋の窓から射し込む月明りに見守られて、彼らは姉弟という呪縛から解き放たれ、純粋な愛そのものとなるのだ。

互いの命を終わらせるはずだった銀色のナイフは夜明けとともに地中に埋められ、彼らは手を繋いで森の中の道を歩き始める。やさしい朝の光に包まれながら……。

思いがけず切なさが込み上げて、水樹は軽く息を吐いた。

立ち上がって、縁側に出る。

そして、日の光に向かって手をさしのべた。

「なにをしてるんだい？」

茂が後方から訊く。

「陽の光を、掴《つか》もうとしていました」

「難しいことに挑戦しているね」

「……そうですね」

茂は水樹の隣に立ち、

「でも、こうすれば掴める」

と言って、陽の光にさし出した手のひらをそっと握りしめた。

「昔、君と同じことを言った子がいたよ。その子は、病気で目が見えなくなったおじいさんに太陽の光をプレゼントするためだと言っていたが、航太くんはなんのために？」

水樹は少し考えてから、

「自分のために」

と答えた。

「自分の内《なか》にある闇を、少しでも光に変えたくて」

「自分の内にある闇か……」

茂は水樹の言葉を繰り返した。

「君、入院している間に性格のほうも治療してもらったのかい？　以前とはずいぶん感じが違うようだが」

真顔で訊く。

「そっちの治療のほうが困難を極めました」

水樹も真顔で答えた。

「だろうねえ」

茂が笑顔でうなずいた。

「他のご家族は出かけているんですか？」

「そんな堅苦しい言い方をしなくていいよ。今までは『おじさん、腹減った！』なんて言っていたくせに」

茂の言うとおり、航太は水樹の家族に相当馴れ馴れしい口をきいていた。けれども、これから先のことを考えたとき、茂にあまり無礼な態度をとるわけにはいくまい。

「じいさんは法事に行っている。母さんは美容室。光砂は友達と映画で優と駿はよくわからんが留守なんだよ」

茂がお茶をさし出す。

「航太くん、大学のほうは？」

「留年します。もう一年、勉強し直しますよ」

水樹の言葉と重なるように、本堂の振り子時計の鐘が三つ鳴った。

「若い頃の一年や二年はすぐ取り返せるよ」

茂はお茶を一口すすり、

「生きてさえいれば」

と、つけ足した。

水樹は突然、背中のあたりに違和感を覚えた。

なにかが体の中に入ったような感覚。「おかしい」と思うまもなく、自分の意に反して口が勝手に動き出した。

「俺のせいでこんなことになってしまって、すみませんでした」

航太だ。そう直感した。自分の中に航太が入っている。

「俺が事故を起こさなければ、水樹は死なずにすんだんです」

涙がどっとあふれた。

「本当にすまないと思っています」

声が震える。

「気に病むことはない。我が家で君が悪いと思っている者など一人もいないんだから」

茂は静かに言って、水樹の背中に手を当てた。

「確かに水樹がいなくなってしまったのは淋しいが、それはあの子の運命だったんだよ。航太くんのせいではない」

「でも、あのとき、俺がハンドル操作を誤りさえしなければ……」

「ハンドル操作を誤ったのは君じゃないよ」

「俺です。水樹は運転してなかった」

「そうではない。誤らせた存在がある」

「……誤らせた存在?」

「神だよ」

茂は水樹の目を見つめた。

「だから、航太くんにはなんの責任もない。あるとしたら、これからどれだけ自分の人生を懸命に生きるかというその責任だけだ」

水樹は茂の目を見つめ返した。

「自分の内《なか》にある闇に負けてはいけない。少なくとも、今回のことを闇として抱える必要はないんだよ。君がそんなにくよくよしていたら、水樹は安心して天国へ行けないかもしれないじゃないか」

茂がほほえむ。

「……ありがとうございます」

ふいに、体の感覚がもとに戻った。

水樹は息を吐いて、肩の力を抜いた。

『どうしても、お前の親父さんにお詫びをしたかったんだ』

航太の声を聞き、水樹はあたりを見回した。

「どうしたの？」

「いえ、今……」

「今？」

「……水樹がそばにいたような気がして」

「俺もそんな気がしてたよ」

「尊敬します」

いつもは影が薄く、存在感の乏しい父親が、こんなにも慈悲深い人間だったと知り、胸を打たれた。

「なにが？」

茂が鷹揚に訊き返したとき、

「ただいまあ」

玄関で声がした。

駿だ。

「ただいま」

優も一緒らしい。

二人は揃って居間に入ってきた。

「航ちゃん、退院したんだね。おめでとう」

優が水樹の前に座った。

兄の幼馴染という気安さからか、優も駿も年上の航太のことを子どもの頃から「航ちゃん」と呼んでいた。

「心配かけて申し訳なかったな」

「航ちゃんが元気になって嬉しいよ」

言いながら、駿は優の隣に座った。

「受験のほうはどう？」

水樹が二人に訊ねた。

「俺は落ちたけど、こいつは受かった」

落ちた駿がほがらかに言う。

受かった優はなぜか浮かない顔だ。

「それじゃあ、駿は優に一万円払ったのか？」

水樹は幽体離脱をしたときに耳にした会話を思い出して訊いた。

「なんのこと？」

優が瞬きをする。

「航ちゃん、なんでそれを……。ダメだよ。余計なこと言っちゃ」

駿が慌てて口を挟んだ。

「そうか、思い出したぜ。俺が現役合格したらお前が一万円くれるんだったな」

優の表情が華やぐ。

「早くよこせよ」

「持ってない」

駿はあっさりと答えて、

「お前こそ三校受けたうち二校落ちてるじゃないかよ。落ちたら一校につき二万円払うっていう約束を忘れたとは言わせねえよ。さっさと四万円を払いなさい」

優に向かって右手をさし出した。

「約束なんかしてないぜ。俺は『やだね』と言ったはずだ」

「それを俺が認めてないんだから、約束したも同然なんだよ。早く払えよ。そうしたら、その四万円からお前に一万円くれてやるからよ」

「そんな大金、払えるわけがないだろう」

「ふざけんなよ。約束は約束だ」

「俺がふざけてんなら、お前はふざけにふざけてんだよ」

「なんだと？」

「なんだよ！」

白熱する二人の言い合いを茂は楽しそうに見ている。

「いいんですか？　止めなくて」

水樹は小声で耳打ちした。

「おもしろいからいいの。二人とも楽しんでいるからね」

茂が目を細める。

「優は大学行くとして、駿はどうするんだ？　予備校に行くのか？」

水樹はたまりかねて、声をかけた。

「俺、大学には行かないよ」

優が言った。

予想外の発言に一堂の視線が優に集まる。

しばしの沈黙のあと、

「お前、頭は大丈夫か？」

駿が訊いた。

「俺は来年、駿と一緒に入学する。授業料で迷惑かけるわけにはいかないから、予備校には行かずに宅浪するよ」

「なんでだよ。変な気を遣われると息苦しいんだよ」

「それが狙いだぜ」

優がにやりと笑う。

「これからの一年間これをネタにして、真綿で首を絞めるようにネチネチ苦しめてやるからよ」

「上等じゃないか。やれるものならやってみやがれ」

「おお、やってやる」

「馬鹿馬鹿しい」

水樹が口をはさむ。

「優は大学、駿は予備校。それでいいだろう」

「嫌だ。俺はこいつと一緒に入学する。こいつが浪人なのに、俺だけ大学生にはなれない」

「どうして？」

水樹が訊いた。

「責任があるからだよ」

「責任ってなんだよ？」

駿が優の顔を見る。

「お前が大学落ちたのは、俺のせいだ」

「は？　お前のせい？　なんでだよ？」

「駿が勉強に励んでいるときに、俺がいつも絡んでたからな」

「それならお互いさまだ。俺だって、暇さえあれば、お前にちょっかいを出してたぞ」

「俺はいいんだ。少なくともお前よりできがいいからな。いくらちょっかいを出されてもほとんど影響ないんだよ。でも、お前はかなりできが悪いからな」

「黙れ！　受験直前の模試では俺の偏差値のほうがよかっただろうが」

「模試はしょせん模試なんだよ。本番で結果を出さなきゃ話にならないぜ」

優の言葉に、

「確かに」

水樹は小声で同意した。

駿は水樹のほうをチラリと見て、

「とにかく、お前に同情されるほど、俺は落ちぶれていないんだよ。せっかくまぐれで受かったんだから、つまんないこと言ってないで大学に行けよ」

「まぐれって、なんだよ！」

「まぐれは、まぐれさ」

「落ちた奴に言われても、痛くも痒くもないわ」

「言い回しが古いんだよ」

「悪かったな」

二人が睨み合う。

「つまり、二人は互いのことを思いやっているということなんだな」

茂がのんきに笑った。

「優は駿を気遣って『大学には行かない』と言い、駿は優を気遣って『大学に行けよ』と言う。仲良きことは美しきかな、だな」

茂の言葉で場の空気が一気に緩む。

「優はどこに合格したんだ？」

水樹が訊いた。

「水樹兄さんと同じとこだよ」

「じゃあ、俺とも同じか。先生方も熱心だし、活気があっていい大学だ。合格したなら行ったほうがいいぞ」

「いや、俺は行かないよ」

優がきっぱりと言う。

「それなら、四月からは二人で予備校に通いなさい」

茂が目を細め、

「いいんですか？　それで」

水樹が目を見開いた。

「優が行きたくないと言ってるのに、無理やり行かせるわけにはいかないだろう。でも、宅浪は推奨できんな。頭も体も鈍りそうだからね」

茂の言葉に、優が頬を緩めた。

「……本当にそれでいいのかよ？」

駿が優の目をのぞき込む。

「いいに決まってるだろう。予備校まで行かせてもらえるなんて、もったいなくて泣けてくるぜ」

「調子のいい奴だな」

「お前にだけは言われたくないわ」

優が駿に笑いかけたとき、

「ただいま」

玄関からしずかの声が届いた。

しずかは居間に入るなり、

「あら、航ちゃん、退院したのね。よかったわ」

満面の笑みを浮かべた。

やはり、母親の顔を見るとほっとする。

水樹は涙があふれそうになって、さりげなく天井を仰いだ。

しずかが茂に目を向ける。

「今、外に速水さんが来てるのよ」

速水が……。

水樹の心臓が波打った。

「光砂を訪ねてきたみたいなんだけど……」

「光砂は映画に行ってて夜まで帰らないよ」

「どうしましょう？　せっかく来ていただいたのに」

「姉さんもいないんだし、帰ってもらえよ」

駿が言う。

「そうだよ。それに姉さん、速水さんとは別れたんだろ」

優が言葉を続ける。

「そう聞いてるけど……」

しずかが声をひそめる。

「家を訪ねてくるからには、なにか理由があってのことだろう」

茂が立ち上がった。

「俺がお相手しようじゃないか」

「お相手って、光砂が帰るまで?」

しずかが訊く。

「そうだよ」

「父さんには荷が重いんじゃないの?」

と、駿。

「校長のわりには口下手だからね」

と、優。

「そう言われると、自信がないなあ」

茂は肩を落として、

「職業柄、子どもが相手ならなんとかなるんだがねえ」

頭をかいた。

「俺が行きます」

水樹が席を立った。

「航太くんがかい？」

「俺が話をつけますから」

「話をつけるって？」

しずかが首をかしげる。

「俺と光砂さんは、つき合うことになってるんです」

そんな約束があるわけでもないのに、勢いで言ってしまった。

航太という仮面が水樹を大胆にする。

「未来形？」

駿が訊く。

「まだ、つき合ってないわけ？」

優も切り返す。

「退院したら、交際を申し込もうと思ってたんだ」

伝えるのはまだ早いと思いつつも、言葉が止まらない。

「でも、航ちゃん、二股かけてるんじゃ」

優の言葉に、茂としずかが深くうなずいた。

「どうしてそれを？」

「航ちゃんのお父さんが家に来て言ってたんだ。航ちゃんが入院中に」

水樹は両親や弟たちを見回して、

「光砂のために清算しました」

きっぱりと言い放った。

一堂、目を瞠る。

「今日は、これで失礼します」

水樹は縁側から下りて、玄関先に向かった。

玄関先には速水が緊張した面持ちで立っていた。

「こんにちは」

水樹が会釈をすると、

「君は仙堂くんではありませんか。どうしてここに？」

速水が目を見開いた。

「俺の自宅はここの隣なんです。水樹は親友だったんです」

「……そうでしたか。君も悲しい別れをしたのですね」

速水の瞳が曇る。

水樹は小さくうなずいたあと、

「光砂は映画に行っていて、夜まで帰りません」

速水の目を正面から見据えて言った。

速水は数秒黙して、口を開いた。

「あまり面識のない君にする話ではないかもしれませんが、今日は光砂さんに別れのあいさつをするために来たのです。と言っても、すでに光砂さんに振られた身ですが……」

「それなのに、なぜ今さら、別れのあいさつを？」

「実は、明日、病院を去ります」

「病院を辞めるのですか？」

「前から決めていたことです。彼女に伝えるのは、タイミングの問題でした」

「そのタイミングが今日だと？」

「そのつもりでした」

速水が空を仰いだ。

「……彼女には思い人がいるようです。僕と一緒にいても、彼女の心はその人といた。辛い恋でした。僕にとっても彼女にとっても……」

速水は水樹に目を向けてほほえんだ。

「けれど、出逢えてよかった。それを伝えに来たのです」

「もしよければ、光砂が帰るまで俺の家で待ちませんか？」

「お気持ちはありがたいのですが、やめておきましょう」

速水が目を伏せる。

「賭けをしたのです」

「賭け、ですか？」

「そうです。連絡をせずに訪ねて光砂さんと逢えるかどうか。逢えなかったのはそのほうがお互いのためだからでしょう。だからこのまま帰ります」

「伝えなくていいんですか？　病院を去ること」

「すぐに伝わるでしょう。誰かの口から」

「あなたが、光砂に出逢えてよかったと思っていることは？」

「それを伝えられないのは、多少心残りですね」

速水は一瞬目を伏せたあと、頬を緩めて水樹に右手をさし出した。

「光砂さんのことを頼みます」

思いがけない言葉をかけられて、水樹は息を飲んだ。

「話をつける」などと息巻いていた気持ちが急速に凪いでいく。

水樹は速水の手をそっと握り、

「……わかりました」

静かに、けれど、力強く言った。

「でも、まだなにも始まっていません。俺が一方的に思っている。それだけです」

「大丈夫です。君ならきっと光砂さんを幸せにできますよ。たとえ時間がかかったとしても……」

速水がおおらかにほほえんだ。

水樹もぎこちないほほえみを返す。

「では、行きます」

「病院を辞めたあとは、どこへ？」

「遠い街へ」

速水は会釈をして、水樹に背を向けた。

「速水先生」

水樹は速水の背中に呼びかけた。

速水が振り返る。

「命を救ってくださって、ありがとうございました。生死を彷徨《さまよ》っていたときの『戻って来いよ！　逝くのはまだ早いぞ！』という言葉、今でも耳に残っています」

速水は一瞬目を見開き、穏やかにほほえんだ。


優と駿が揃って予備校に通い始めた頃、水樹は、速水が北アフリカのアルジェリアに渡ったことを知った。臨床医としての立場を捨てて、劣悪な環境の中で病苦にあえぐ人々のためにボランティアで医療支援をしているという。

光砂からその話を聞いたとき、水樹の脳裏に「光砂さんのことを頼みます」と言った速水の声が蘇った。

再会

不慮の事故からまもなく一年を迎えようとしている夜、水樹と光砂は自宅近くの河原にいた。そこで花火をしようと言い出したのは光砂だった。部屋の戸棚を整理していたら、数束の線香花火が出てきたのだと言う。

水樹は水辺に立って、深呼吸をした。

晩秋の冷気が肺を満たし、やがて全身に拡がっていく。体中の細胞が研ぎ澄まされる。

「航ちゃん」

ふいに、背中から声をかけられた。

水樹は数秒経ってから、それが自分のことだと気づいて振り向いた。

両親や弟たちの前で交際宣言をしてから半年以上が経っているが、光砂に思いを伝えることはいまだにできていない。けれども、彼女と過ごす時間は確実に増えていた。

光砂との間に通うゆるぎない調和。それは彼が外見も含めて森本水樹だった頃に包まれていた空気感そのものだった。そのせいか、水樹は自分の外見が仙堂航太であることを忘れることが多くなった。光砂のそばにいるとき、彼は身も心も森本水樹そのものだった。

ふと会話が途切れるとき、ふと目が合った瞬間に、水樹は自分がここにいることを光砂に伝えたい衝動に駆られる。

本当のことを告げたら光砂がどんな表情《かお》をするのか、見たくてたまらなくなる。

でも、それはできない。

それが、もどかしい。

「航ちゃん、花火」

光砂が線香花火を手渡す。

水樹はシャツのポケットから、燐寸を出して火をつけた。

揺らぐ炎が光砂の線香花火の先端に触れると、緋色の切っ先が炎に抱かれ、狂おしく身をくねらせる。

しばしその光景に見とれた水樹は、

「もらうよ」

光砂の花火の炎を自分の花火に移した。

「見て」

光砂は線香花火に目を落として言った。

「ここに光と闇があるでしょう?」

「あるね」

水樹は小さく弾ける光の粒子とそれを縁取る淡い闇を見つめた。

「起こる出来事も同じ」

光砂がささやくように言う。

「どんなささいな出来事も光と闇を抱いている。自分が向き合う出来事の光を見るか闇を見るか、それはその人次第よね」

「光ばかり見ていると、足もとをすくわれる」

　水樹は言った。

「闇ばかり見ていると、堕《お》ちてしまう」

　光砂が言葉を続ける。

「光砂はどっちを見る？」

「私は、光」

「俺は、闇」

　水樹と光砂は顔を見合わせてほほえんだ。

　光砂の花火が燃えつき、すぐに水樹の花火も燃えつきた。

　光砂は火の消えた線香花火を足もとに置いて、立ち上がった。

「小学校に上がる頃にね、お母さんから秘密を打ち明けられたの」

　川の流れに目を向けて言う。

「秘密って？」

　訊きながら、水樹も立ち上がる。

「その頃の私は、自分が他の子たちとなにかが違うことに気づいて、とても悩んでいたのよ。友達と道を歩いているときに、自分にだけ発光する円い光がたくさん見えたり。誰もいない部屋で不思議な声を聞いたり。あるときは巨大な白龍が大空へ駆け上っていく姿を見てしまったこともあった。あのときは、気を失いそうになったわ」

　光砂が眉をひそめる。

「ずっと誰にも言えずに悩んでいたけれど、白龍を見た夜に泣きながらお母さんにすべてを話したのよ」

「そんなことがあったなんて、まったく知らなかった」

「家族で知っているのはお母さんだけよ。その話をしたときに、お母さんが夏神様《なつがみ》の話をしてくれたのよ」

「夏神様の話？」

「私がお母さんのお腹にいたときのことよ。もうすぐ臨月を迎えるというある夏の日の午後、お母さんは隣町にある神社に安産祈願のお参りに行ったの。参拝を終えて境内のベンチで休んでいたら、突然、目の前にまばゆい光が現れたんですって。その光からゆっくりと手のようなものが伸びてきて、お腹に触れたそうよ。お母さんは、そのまばゆい光のことを『夏神様』と呼んでいたわ。夏の日に出会った神様だから」

　光砂の唇から紡ぎ出される言葉に、水樹は無言で耳を傾けた。

　これが他の誰かの言葉なら、半ば疑いの念をもって聞くだろう。しかし光砂が語れば、それは紛れもない事実として水樹の心に刻まれる。

「光の手がお腹に触れたときに、お母さんの頭の中で声がしたそうよ」

「なんて言ったの？」

「『私のエネルギーを授ける』と」

　光砂は川に向けていた視線を天に放った。

「それを聞いてすごく楽になった。神様のエネルギーを授かったと知ってからは、自分の周りに起こるすべての現象が、冷たくて怖いものから、あたたかくてやさしいものに変わったのよ。心の闇が光に変わったの」

「……よかったな」

水樹は自分のことのように言った。

「私だけじゃなくて、お母さんもなのよ」

「母さんも？」

「お母さんもあのとき、夏神様から特別な力を授かったそうよ」

「だから、粗塩に魔除けの力を込めることができたのか」

水樹は源之信の言葉を思い出した。

彼は言った。「霊力《ちから》のある者が念を込めると、ただの塩も強力な魔除けの力を宿す」と。

母さんが持たせてくれた粗塩には、確かに魔除けの力が宿っていたのだ。

けれど、俺が事故で命を落とすという運命までは変えられなかったということか……。

ぼんやりとそんなことを思ったとき、

「見ていて」

光砂が天に両手をかざした。

それを合図のように、いく千もの星が夜空を一斉に滑り始めた。

「これは……」

幼い日に見たあの夜の光景と同じだ。

水樹は鼓動の高鳴りを自覚した。

「この地球には、いつもあふれるほどの光が降りそそいでいるの。ただ見えていないだけで」

「でも、今は見えてる。こんなに、はっきりと」

「帳《とばり》をひらいたのよ。現実の世界と真実《ほんとう》の世界の狭間にある帳をほんの少しだけ開いたの」

「どうしてそんなことを？」

「あなたに見せたかったから」

光砂がまぶしそうに目を細めた。

「人間の理解を超えた場所に存在する、この宇宙の秘密を」

「……この宇宙の秘密？」

「目に見えない世界のはてしない拡がりと、それを彩る論理的な美しさ」

「世界のすべては目に見える」

「人間の目に見えている世界は、実はとても限られた狭い範囲でしかないのよ」

光砂が水樹に目を向けた。

「その狭い閉鎖的な空間で、私たちはそれぞれの命を紡いでいる。泣いたり笑ったり怒ったり恨んだり。誰かを愛したり……」

水樹は天を仰いだまま光砂の言葉の意味を考え、

「でも、それでいいような気がする」

独り言のように言った。

「狭くて閉鎖的な空間で、助け合ったり支え合ったりしながら懸命に生きる。ささやかな幸せに歓び、笑顔する。自分も含めてそんな人間をとても愛しく思うよ」

「私もそう思うわ」

光砂の手が水樹の手に触れる。

そして、彼の冷えた手をそっと包んだ。

「あの夜と同じよ。水樹」

「……え?」

「水樹、でしょう?」

光砂に訊かれて、水樹は息を飲んだ。

ふと、以前に満が言っていた言葉が浮かび上がる。

満は言った。「仙堂航太の中にいるのが森本水樹であることを誰にも言ってはならんぞ。そのことを自ら口にした瞬間に、森本水樹はこの世から消滅する」そして「本物の相手にだけはそれが許される。お前が伝える前に相手が気づくという条件つきでな」と。

自分から告げたわけではない。

光砂が気づいたのだ。

光砂が「本物の相手」なら自分は消滅しないだろう。

水樹は天に向けていた視線を光砂に移した。

光砂はなんの迷いもない澄み切った目で水樹の瞳を見つめ返す。

水樹は目を閉じて呼吸を整えた。

航太の体の中に入るとき耳にした言葉が脳裏で再生される。

「ドンナ　カラダヲ　エテモ　シンジツノ　アイワ　ホンモノノ　アイテヲ　ミウシナウ　コトワ　ナイ」

水樹は目を開き、光砂の瞳を見つめて、

小声で言った。

「そうだよ」

その刹那、抑えようのない激しい感情が彼の全身を貫いた。

水樹は感情に身を委ねて、光砂を抱きしめた。

砂漠のオアシスで、大平原の風の中で、海辺の木陰で、月夜の迷宮で、粉雪が舞う小さな公園で、名家の奥座敷で……。これまで何度もそうしてきたように、二人は強く抱きしめ合った。

永遠と瞬間。別々の性質をもつ二つの時間が、彼らの周りで一つに溶けた。

「イクツモノ　ホシノ　カケラガ　テンニ　チル　ヨル　フタツノ　タマシイワ　フタタビ　デアウ」

昨年の晩秋の夜に聞いた言葉が脳裏に立ち上がる。

あの声は、この夜のことを言っていたのか。

「また、逢えたね」

水樹の耳もとで光砂がささやく。

「……また、逢えた」

水樹の声がかすかに震える。

「あの夜、どうして俺に……」

「唇を重ねたのか？」

水樹は光砂を抱きしめていた腕の力を緩めて、目で頷いた。

「そうせずには、いられなかったの。なにかに操られるように、体が勝手に動いてしまったのよ。不思議ね……」

光砂が目を細める。

「なにが？」

「……今ならわかるんだ」

「あのときの気持ち……」

「あのとき、水樹はずっと泣いてたわね」

「ただただ怖くて、悲しくて、切なかった。でも、どうしてそんな気持ちになるのかわからなかった。それがまた俺の心を不安にさせた。でも、今ならわかる。どうして、あんなに心が揺れたのか」

光砂は黙って水樹の目を見つめている。

「出逢ってしまったことに気づいたからだ。また君に……」

水樹はかみしめるように言った。

「あのとき、俺は過去生の自分と繋がったんだ。姉さんは、これまでに何度も出逢い、深く愛し合いながら、決して結ばれることのなかった人……。俺はあの夜、幼いながらに、この出逢いが報われない思いの始まりだと本能的に悟ったんだ。だから、自分でもどうしょうもないくらいの悲しみや切なさが押し寄せてきたんだと思う」

「私も同じ気持ちだったわ……。切なくて、悲しくて、怖かった。自分がなにか大きな力に飲み込まれていくようで」

「光砂は、知ってたの？　俺たちが過去生で何度も出逢っていることを」

「私が知ったのは、命を終えた水樹が家に帰ってきた日の夜よ。枕元であなたの顔を見つめていたら、突然、頭の中のスクリーンに私たちの歴史が走馬灯のように駆け巡ったの。最後の場面で私が愛したのは、凛々しい僧侶だったわ」

光砂がほほえみ、

「僧侶の俺が愛したのは、和服の似合うしとやかな女性だった」

水樹もほほえみを返す。

「水樹も知ってたのね。私たちの長い物語を……」

「去年の今頃、じいちゃんから聞かされたんだ」

「じゃあ、私より先に知ってたってことなのね」

「そうだね……」

「ずるいわ」

「ごめん」

「謝らなくていいのよ」

光砂の手が、水樹の頬に触れる。

「水樹が好き。誰よりも愛しく思ってる」

「……俺もだよ」

水樹の手が光砂の手に重なる。

「誰よりも、光砂を愛しく思う。誰よりも……愛している」

ずっと伝えたかった言葉をやっと口にすることができた。

水樹の頬を涙が伝った。

その涙を光砂がそっと拭う。

二人の間を心地よい沈黙が満たした。

ふいに、

『水樹、光砂と幸せにな』

航太の声を感じて、水樹はあたりを見回した。

「今、航ちゃんの声が」

光砂も顔を上げた。

『こっちだよ』

頭上から声が届く。

見上げると航太が笑顔でそこにいた。

『お前らのことを見届けたから、俺は天《あっち》に還るよ』

「航太、ありがとう。お前には感謝してる。心から」

水樹の眼から大粒の涙がこぼれた。

『だよな』

航太が笑顔を見せる。

「短い間だったけど、お前と過ごせて楽しかった。俺の人生にお前が現れてくれて幸せだった」

『俺も楽しかったよ。お前と出会えて本当によかった』

航太が右手を挙げる。

『また会おうぜ。次の人生でもな』

「もちろんだ」

水樹も右手を挙げた。

『光砂も元気でな』

「ありがとう」

光砂の声はかすかに震えていた。

『じゃあな』

航太は光があふれる天に吸い込まれるように消えた。

その夜、水樹は久しぶりに体を離れて、時空を超えた。

気づくと、自宅の庭にいた。秋の虫たちの奏でる旋律が天に立ち上っていく。

水樹は秋の虫たちの翅音《はおと》をまとった夜気をくぐり抜け、自分の部屋に入っていった。

そこでは、水樹自身が机に向かっていた。

パソコンのキーボードを軽やかに叩いている。

机上の置き時計が示す時刻は、まもなく午前零時。

水樹は自身の背後からパソコンをのぞきこんだ。

恋物語の原稿。

その行間ににじむ、甘やかな切なさ。

それを紡いでいた夜の感情《おもい》が静かに胸に満ちてくる。

そうだったのか……。

水樹は、一年前の自分の耳もとに近づいてささやいた。

「イクツモノ　ホシノ　カケラガ　テンニ　チル　ヨル　フタツノ　タマシイワ　フタタビ　デアウ」

了

「夏神様」あとがき

初恋は小学二年生。相手はドッジボールが得意な同級生でした。ボールを投げるときに、体を右に捻《ひね》って左足の先をほんの少し宙に浮かせる仕草にトキメキました。

中学一年生のときには、友人と同じ人を好きになりました。笑顔がキュートで、周囲の空気を明るくする少年。年齢の割に、落ち着いていて聡明なところも素敵でした。同じ人を思っていても、私には友人に対するライバル心など微塵《みじん》もなく、彼の話をして盛り上がれる相手がいることが歓びでした。バレンタインデーの日に彼女とともに人気ない教室に忍び込み、彼の鞄の中にチョコレートを押し込んで、逃げるように教室を飛び出したことも懐かしい思い出です。

高校生の頃には、通学の電車で毎朝会う男子高生に惹かれました。背が高くてほがらかな人で、大勢の中に紛れていても自然と目がいく不思議な魅力がありました。直接言葉を交わしたことはありませんでしたが、ときどき彼が友人たちと話している声が聞こえてきました。彼の声を聞いていると、なぜか気が晴れる。こんな人のそばにいられたら、毎日楽しいだろうなと想像したことも一度ならずありました。

どの恋も、ただ思っているだけで満たされるという淡い片思い。傷も痛みもなく、切なさとも無縁のまま、時の流れに淘汰《とうた》されて静かに幕を閉じたのです。

初めて切なさを知ったのは、二十歳のときの恋です。思いを寄せたのは、見た目の軽い雰囲気とは裏腹に、素直で正直な人でした。ちょっぴり不器用でおっちょこちょいなところも人間味があってよかった。年齢が同じということもあって、話も気も合いました。一緒にいるとひたすら楽しくて、時間が経つのを忘れるほどでした。最初はただの友人だったはずが、いつしか彼を目で追うようになり、彼のことを考える時間が増えていきました。

出逢ってから数ヵ月後、一緒に食事に出かけた帰りの車中で「誰か好きな人いるの?」と聞かれました。突然の核心をつく質問。どう応えようか頭で考える前に、その人の名前が唇からこぼれ落ちてしまいました。告白というほど改まったものではありませんでしたが、自分から男性に気持ちを伝えたのは初めてのことでした。

彼は驚いたように目を見開き、しばし沈黙したあと、「俺の今を知ってる?」とためらいがちに訊ねたのです。俺の今……?　どういう意味か解らず返事に窮《きゅう》していると、彼は自分が今、交際している人の名前を告げました。それは、同じバイト先の後輩。十七歳の高校生でした。ポニーテールがよく似合うチャーミングな娘。いつも笑顔を絶やさない愛されキャラ。私も彼女のことが大好きでした。

好きになった人に恋人がいる。言葉にすればそれだけのことなのに、全身の血液が逆流するほどショックで、気が遠くなりました。まだ何も始まっていないのに、すべてが終わったと思いました。助手席のドアをこじ開けて、外へ飛び出してしまおうかと本気で思ったほどです。さすがに、それはできませんでしたけれど……。

振られても、恋は終わりません。むしろ、それまで以上に思いが募る。バイト先で彼女の屈託のない笑顔を見ていると、嫉妬心が頭をもたげて胸が苦しくなりました。彼女のことを見つめている彼が視界に入ってくるのも辛かった。

会いたいのに会えない切なさで眠れない夜、「彼のことなど好きにならなければよかった」と何度思ったことでしょう。「誰か好きな人がいるの?」と問われたとき「そんな人などいない」と応えればよかったと何度後悔したことでしょう。

二十歳の私はまだまだ未熟で危なっかしい、恋の初心者だったのです。

あれから三十有余年が過ぎました。その間に結婚をし、二人の息子を授かり、子育てが一段落した頃にまたシングルに戻りました。辛酸を嘗めたというほどではありませんが、年齢相応の紆余曲折を経て現在に至ります。

人生の中堅の域に達した今でも、あの頃のことを振り返ると、苦い思い出とともに甘酸っぱい切なさが蘇ってきます。彼のはにかむような笑顔や穏やかな声、弾むように歩く癖……。すべてが懐かしくて愛おしい。叶わない恋だったからでしょうか。ピュアな思い出は色あせません。それどころか、さらに彩《いろどり》を増して心を灯してくれるような気がします。

もしも私がこの物語の主人公である水樹のように、体を離れてあの頃に戻れるのなら、二十歳の自分の耳もとでささやくでしょう。「いい恋をしたね」と。「その切なさは神様からの贈り物。その贈り物から、やがて一遍の恋物語が生まれるんだよ」と……。

この物語は私のデビュー作です。「夏神」というタイトルで二〇一八年の二月に上梓し、二〇二二年の初春に絶版となったものですが、この度つむぎ書房合同会社の皆様方のご尽力を賜り、改訂版をお届けできる運びとなりました。

「ひとは一ばんはじめの作品ですべてわかる」

これは、染織家であり随筆家でもある志村ふくみさんのお母様が、ふくみさんが初めて着物を織ったときにおっしゃった言葉だそうです。「ちよう、はたり」(筑摩書房)という随筆集の中で、この言葉に出会ったとき、胸を満たしたのは、共感と怖れです。

文章でも絵画でも造形でも、あるいは肉体を使って表現する芸術であっても、人から生まれたものからは、その人自身が匂い立つ。いくつもの作品を生み出し、その度にテイストは違っていたとしても、根底にあるのは揺るがない自己であり、その人の魂そのもの。それは喜ばしいことである反面、少し怖いことでもあります。作品を通して、自己の本質を曝け出すことになるのですから。

改定版の上梓に向けて、自身の「一ばんはじめの作品」をブラッシュアップしていく過程で、私の原点はここにあるということを改めて実感しました。小説の書き方を学んだこともなく、ただ夢中で書き上げただけあって、構成も文章表現も粗削りの極み。洗練とは程遠い不器用な仕上がりは、そのまま私自身の人となりと重なります。だからこそ、これからもずっと大切にしていきたい作品です。

一冊の書籍を世に送り出すためには、長い時間と多くの人の手を必要とします。出版に際し、真心と誇りをもって関わってくださったすべての方々、そしてご自身の貴重なお時間を遣って本作品をお読みいただいた皆様方にこの場をお借りして心より感謝申し上げます。

この美しい奇跡の星で今を生きるすべての人々が、これから先もずっと笑顔でいられますように。

令和六年清夏

小室初江

小室初江
1967 年 埼玉県生まれ
学習院女子短期大学人文学科卒業
二人の息子たちが幼い頃、なんの気なしに書いた物語を大絶賛され、創作に目醒める。
子育てが落ち着いたのち、いくつかの接客業を経て、2010 年埼玉県公立中学校国語科の教諭となる。教職に励む傍ら、毎朝出勤前に執筆を続け、2 冊の小説を上梓する。
2023 年 3 月 創作活動に専念する覚悟を決め、早期退職。
2000 年 第 2 回「ミセス大賞・小さな童話部門」優秀賞受賞
著書「夏神」、「夏の滴」「今夜は月がきれいです」

夏神様

2025 年 1 月 7 日　　第 1 刷発行

著　者——— 小室初江
発　行——— つむぎ書房
〒 103-0023　東京都中央区日本橋本町 2-3-15
https://tsumugi-shobo.com/
電話／ 03-6281-9874
発　売——— 星雲社（共同出版社・流通責任出版社）
〒 112-0005　東京都文京区水道 1-3-30
電話／ 03-3868-3275

ISBN 978-4-434-35083-2